中国新锐作家

校园文学经典

Short Story

中国新锐作家校园文学经典
马强　总策划

成长是一阕诗，婉转，丰盈，润泽，千回百转，落在云淡风轻里，长出心的色彩。品读青春诗行，回望蔚蓝的感伤，重拾那片火红的畅想。

往N+1的方向

陈志宏 / 著

中国社会出版社
国家一级出版社｜全国百佳图书出版单位

图书在版编目(CIP)数据

往 N+1 的方向 / 陈志宏著. — 北京 : 中国社会出版社, 2012.1

(中国新锐作家校园文学经典)

ISBN 978-7-5087-3914-4

Ⅰ. ①往… Ⅱ. ①陈… Ⅲ. ①小小说-小说集-中国-当代 Ⅳ. ①I247.8

中国版本图书馆 CIP 数据核字(2011)第 279095 号

丛 书 名:中国新锐作家校园文学经典
书　　名:往 N+1 的方向
著　　者:陈志宏
责任编辑:张　迟

出版发行:中国社会出版社　　　**邮政编码:**100032
联系方式:北京市西城区二龙路甲 33 号新龙大厦
电　话:邮购部:(010)66081078
销售部:(010)66080300　(010)66085300
(010)66083600
传　真:(010)66051713　(010)66080880
网　　址:www.shcbs.com.cn
经　　销:各地新华书店

印刷装订:中国电影出版社印刷厂
开　　本:170mm×230mm　1/16
印　　张:14
字　　数:180 千字
印　　次:2016 年 1 月第 2 次印刷
定　　价:23.50 元

序 不可小觑的小小说

论及中国的小小说，有两个人是绕不开的，一是刘国芳，另一是陈永林。他们是小小说百花园里的奇葩，是大家。巧的是，他俩都是江西人，而且更幸运的是，我和他们都有交往，结下清爽留芳的文缘和情谊。

和小小说的结缘，是从跟这两位大家交往时开始的。

20世纪90年代初，我还是一名高中生，迷上看小小说，饱读不少作品。从《小小说选刊》里得知刘国芳是抚州人，满心欢喜，希望有朝一日能拜访他。1993年正月，去抚州市堂姐家拜年，一路问道，摸到刘国芳老师单位上。那个春日，那个暖洋洋的下午，他和我这个“小不点”高谈小说和小小说创作。临别前，还将几份已发作品的复印件，赠给我，并在小小说《芳芳》的空白处题字签名。我小心翼翼地珍藏了这一馈赠，用心收妥他对我的鼓励。这样的大师级作家，对一名高中生能如此优待，多么难得，多么令人欣慰啊。

这让我有决心和信心，走文字之路。

最初的练笔，受小小说的影响很大。然而，小小说这一不可小觑的文体，恰属登堂容易入室难，正所谓易写难工。练到信心尽失，终于有佳报传来——我用散文化笔调写的小小说《漂流的奖状》发表了。这是我第一篇变成铅字的文字作品，貌似小小说，又像回忆录，其实就是中学生作文水平！之所以欣喜地回忆自己的“处女作”，只想表明一点：小小说在我最初提笔写字那会，影响巨大。

从“小小说难写好”的感叹，到“小小说好难写”的泄气，我的笔头，突然转向——转而写万字短篇去了。这其实是以偷懒的名义，坠入不知天高地厚的癫狂境地。不符合写作规律暂且不表，生生地将初萌的写作信心和热情，掐灭了去，太可怕了，也太不可思议了。

也就两三年的误打误撞吧，反正撞到了短篇小说的南墙之后，我遇见了陈永林，是单相的遇见。他那时好像正在喷发的火山一样，作品源源不断地往外发。一直在读他的文章。他的“鄱阳湖”，他的“木根叔”和“阿莲婶”，读得让人心惊，读来令人赞叹不绝。陈永林是我的本家，500 年前是一家，还有，他和我同为 70 后，感觉一下子就拉近了。

1998 年，我在江西师范大学老校园里闲逛，在宣传橱窗里偶遇他——他在给师大学生做报告，文图报道。第一次见到他的模样，十分吃惊，那么年轻，文字却那么老道，成就非凡，令人刮目相看！边看边想，我呆立在那儿，与他对视，很久很久。两年后，我和陈永林都在新魏路 17 号（俗称半边街，江西省出版系统所在地）上班，从同事那听来他每周收汇款单 120 多张的段子，让我有心却无胆与这样的牛人接近。也是在这年，我基本放弃所谓短篇小说的创作，重新捡起小小说，并在《郑州晚报》、《星火》和《广西文学》等报刊发表了不少小豆腐块。

写到一定程度，感觉在小小说领域开掘，已是有心无力，加之当时“青春美文”流行，就奔着流行去了。

青春美文，在我看，用千字文来代替，更合适一些，它基本上成了我写作范式。当然要感谢当初练笔时苦写闷写小小说的那段经历，没有那时编故事的魔鬼式训练，后面写千字文，故事性和可读性就无从谈起。

千字文写作，一路还算顺当。2002 年，因转载达到一定数量，我成了影响甚广的《读者》杂志的首批签约作者。2005 年出版了第一部文集《不可能的可能》，之后又接连出版了几部，被数百种丛书、文选收录过作品。2010 年 11 月，基于青春美文创作成绩，南昌市人民政府还授予我第二届“滕王阁文学奖”。

和刘国芳再度交往，是在 2000 年，买他新出版小说集《抬头望见北斗星》。他欣然提词：“潮平两岸阔，风正一帆悬。祝陈志宏新千年一帆风顺。刘国芳 2000 年元月 24 日。”最后一次，是 2008 年年底，我到抚州市采访，顺便看望刘国芳老师，此时他已荣任市文联副主席和作协主席，正主持改革开放三十周年全市长篇小说创作座谈会。我坐在台下，感受他的大家风范。

相比还和陈永林的接触频繁得多。2009 年，经他推荐，我上了《微型小说选刊》杂志的“当代百家”，配发简介照片和两篇微型小说。因为都在南昌，时常能在文友聚会上与陈永林畅饮阔谈。我在省新华书店搞签售，摆宴感谢挚友，陈永林怂恿其他文友，居然把我给灌倒了。想起这些细节来，逸趣横生，温暖四溢。

写作十余年，认识的师友，数不胜数，涉猎的写作样式，林林总总，现如今，捧出这百余篇小小说，汇集成这部薄薄的小集子，这是我的第一部小小说作品集。十多年来，不经意间在小小说百花园里折获一朵小花，清香留唇，明艳于眼。这是我的幸运我的福。在我看来，小小说为读者带来的冲击波，不可小觑；为我写作所带来的好处，也不可小觑。

我的写作历程中，“小小说”三个字，个个都是大写的。

感谢刘国芳和陈永林这两位小小说大家给我帮助和鼓励，感谢生活常常将感动带到我的身边让我铭记于心，感谢文字带给我内心的愉悦，感谢正在捧读此书的您。有缘一书牵，有缘念此生。祝您有福！

陈志宏

2011 年盛夏于南昌抚河畔

目录

Cotentes

第一辑　成长如蜕

目录

Cotentes

目录

Cotentes

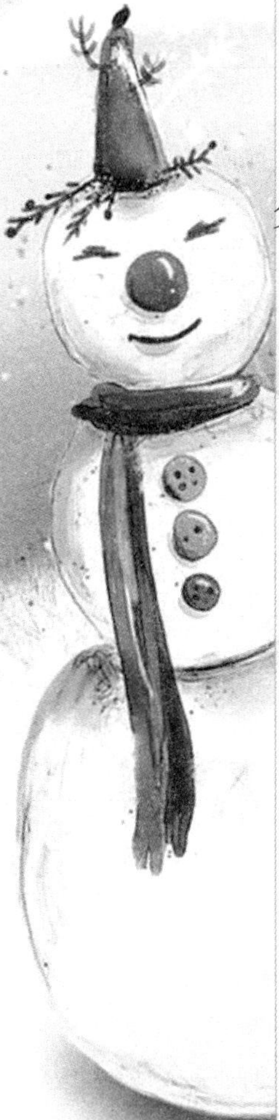

目录
Cotentes

目录

Cotentes

第一辑

成长如蜕

九月的阳光

到县城读高中，遇到的第一个难题是借自行车。

高一（1）班第一次班会，班主任说："为了让大家尽快熟悉起来，全班同学下周日去雄岚峰旅游。这个地方离县城不远，只有十几里路，大家骑自行车去。如果没有，就想办法借。"班里顿时炸开了锅，一片欢腾，只有缩在角落里的我，暗自发愁——到哪去借呀？

尽管家里有一辆破旧的"春燕"牌自行车，可是，父亲去学校教书要用，再说，骑几十公里山路到县城来，我也不敢。

班上，我没有一个熟人，同学大都来自县城。他们有的是初中或者小学同学，有的是街坊邻居，相互很熟悉，课后就亲热地嬉戏打闹。而我，只是一个寂寞的旁观者。我无法开口向他们借。几个来自其他乡中学的，偶尔还会搭茬的，但也没有好到可以开口向他们借自行车的程度，再说他们和我一样，也没有。在县城没有亲戚，我无处想办法。

9月的第三个星期天，一大早，我们全班同学，聚集在校门口，准备奔赴雄岚峰。令人惊奇的是，来自另一个乡中学的某同学，居然也骑上一辆车。我悄悄地问他："你的车是哪来的？"他说："我爸爸送来的。"我谄媚地对他笑，低声地说："能不能带上我？我也会骑车，我可以带你！"他拒绝得非常干脆："不要你带！我自己一个人骑。"

我涨红了脸，低下头，双手都不知往哪儿搁。才知道，不见得城里同学会虚骄，有时，来自农村的也会尾巴翘上天，眼看不起人。我主动对班主任说："老师，我不去了，我没借到自行车。""你别着急，先问问哪个同学愿意带你不？"班主任对我安慰道，接着冲人群里大声说，"陈志宏同学没有借到自行车，哪个同学愿意带他吗？"

刹那间，空气凝结住了，刚才还叽叽喳喳地吵闹，倏而逝去。显然，大家都不喜欢带人，或者让人带，自己一个人骑行，多自在啊。幸好没有几个人知道我的名字，否则，大家都盯着我，我肯定会恨不得钻进地缝了。这时，一女生推出一辆二六式自行车主动走了出来，她说："老师让他带我吧。"然后，她冲我露出一个灿烂的微笑。

清晨的阳光打在她的脸上，她的微笑融入凉爽的空气里，让我充满清甜、羞涩的紧张。此前，我极少与女同学打交道，她让我有些不知所措。她叫艾恒萍，就坐在我的前一排。我们虽未说过话，但几次眼神的交流，有一种温暖的东西在青春的心里涌动。她偶尔会冲我淡淡一笑，而我僵硬的脸无法以笑回应。这一次，我迎着阳光，大胆地回赠她一个滞涩的微笑。

头一次骑车带女生，让我心底充满幸福与安然。我与同学们一起穿过县城，穿越山林，在9月的阳光里恣意追逐。亮灿灿的阳光流淌成一首秋天的抒情诗，让人感到由衷的畅快，山里清新的空气在我身体里回旋着，驱散了连日来淤积于心中的阴郁。

自行车停在山脚下一个同学家里，我们徒步攀上雄岚峰。在这座全县最高峰上，班主任让我们围坐成一圈，然后玩击鼓传花的游戏，点将站到中央唱歌。我居然第一个被点上台，站在中央，手心直冒汗。这时，艾恒萍一边鼓掌一边喊："陈志宏，加油！"在来路上，逢上小山坡，她也是这般给我鼓劲。站在9月的阳光下，听着一个女生为我加油，不由得有了信心和勇气，放开喉咙，清唱一首《十六岁的花季》。

雄岚峰之旅，将我闭塞的心，豁然洞开，那浓得化不开的自卑与羞怯，被9月的阳光冲淡。由此，我永远记住了一个县城女生，以及她那纯净、友善、热情和真诚的微笑。

来年9月，我主动向艾恒萍借自行车，骑行35公里山路回家，一举打消长期悬在心头那不敢一个人骑车回家的恐惧。9月的阳光，让我变得更自信，更勇敢了。

多少年后，每每走在9月的阳光里，想起那段往事、那个人，总觉得很美，很受用。青春是不老的传说。那段青嫩的岁月，弥散于9月阳光里的同学友情，让我告别初入城市时那独特的阴霾情绪，步入自信的路途，渐渐豁达开朗起来。

走过磨难

磨难来的时候，她猝不及防。

父亲英年早逝，母亲卧病在床，一个捡来的妹妹还在读初中。

她，一个初入大学校园的南方女子，就这样与磨难不期而遇。很明显，与这场磨难较量，她根本不是一个重量级的，似乎有蚂蚁撼大象之嫌。

没有退路，只有迎头向前。她先是为自己申请了国家助学贷款，把省下来的学杂费为妈妈和妹妹在这所北方名校附近租了一间平房，还替妈妈抓了药。

上学的第一天，她便开始了艰难的求职打工之路，为人做家教，在餐馆当迎宾，周末上街发广告单，平时打扫学校的卫生……她没有放过一个能挣钱的机会。

夜深人静之时，她在灯下写日记，记录自己的生活，记下滴落在这座陌生城市的自己的泪。

苦是磨难的滋味。

一日三餐，她能精确到六元七角二分钱，那二分零头买廉价葱蒜，其他的大头则充塞妹妹饥饿的胃和母亲被病痛折磨的身躯。同学见了，问她怎么那么瘦，她笑答：减肥呢！不相信一个在校勤工俭学扫教室的女生会减肥，所问者，都无一例外地佩服她的达观和坦然。

这个年龄的女孩，双耳塞着的精致的耳塞，MP3 里疯响着周杰伦《我的地盘》。唯有她在用自己的双手打造“我的地盘”，抵御磨难顽固的入侵。

苦也苦过了，她终于迎来了生命的春天。

经过她不计其数地求医问药，母亲的病痊愈了。妹妹也被她送入自己的大学所属的实验中学插班就读，而她自己以优异的成绩获得国家奖学金等多项奖励。

磨难是一柄锋利的刀，她硬是在刀刃上开出一朵娇艳的小花来。她的日记以“走过磨难的日日夜夜”为题，在大学校园的 BBS 上成了热门帖子，点击率创纪录的最高。校报和当地晚报分十期连载了这篇青春励志长文。感动，像流星雨那样飞临这个快乐得有点麻木的青春部落，袭遍这座灯红酒绿的繁华大都市。

各路记者闻风而动，一个个问题向她抛来，让见惯大世面的老记们记忆深刻的是，这个女孩的笑脸，是那种没有一丝愁绪的，一如灿烂晴空的干净的笑。

而谁听过，那一个个寂寞困苦的午夜，泪珠滴落城市的声音？诠释这种声音的，是台湾花莲证严上人的济世之语：磨人的，是会消耗的啊，被磨的，是会发光的啊。她是在一个偶然的机会，听到这句话的，顿觉精神飒爽。她将这话铭刻在心，从此，便有了与磨难相争的勇气和力量。

几番风雨几番愁，磨难只把她磨得光彩照人，而那个看似高大难对付的磨难，一点一点，消耗至无形。

岁月之风吹开她的日记，扉页上仍是那句动力壮语：磨人的，是会消耗的啊，被磨的，是会发光的啊。这是她走过磨难时最深刻的感悟，也是最想告诉天下所有朋友的话。

善良的你，听见了吗？

肩上的人生盛景

曾经，他是一个徘徊在城市边缘的浪子。

父亲起早贪黑，到老家去收购黄豆，然后再带回到城里卖，母亲早出晚归，在郊区一家织衣厂做工。大人没时间管他，他更不把两个姐姐放在眼里，就那么放任自流，像一叶扁舟在茫茫湖海漫无目的地漂流。他小小年纪，放纵无羁，抽烟，赌博，群殴等，那些少年恶习，总少不了他的影子，短不了他的份。

他们一家从农村迁来十几年，他是唯一一个“城里人”，两个姐姐都在农村出生长大，骨子里还有农村娃的习气。这更增添了他的“罗汉式”霸道和嚣张，他蔑视姐姐：“你们有什么出息，乡下妹子一个！”骂得姐姐们哭成泪人儿，而这时，父亲气得青筋暴露，话音里都有颤抖：“小子，你难道不是乡下人吗？你有什么资格上街打罗汉？不好好读书，全家都要被你败光！”

他初三毕业那年，父亲掏尽家底，倾囊而出，总算在城乡结合部买了一套二居室房子，结束了近 20 年的租房生活。原本殷实的家，一下子跌入赤贫状态。父亲贩卖黄豆的本钱，都是从乡下的亲戚那里借的。母亲因为操劳过度，曾一度住院。而他一无所知，依然故我地瞎混。

父亲为了节省成本，自个儿承担起卸货的重任来。粒粒黄豆，色如金，重亦如金啊，一包包，压得年近半百的他，气难平，痛难消。他知道，自己不能歇一口气，因为这一歇，就可能再没力气接上了。生活，就是这么残酷，这么不心疼人。他在承担之际，还惦记着那个当街头混混的儿子，甚至异想天开：要是儿子能好好读书该多好啊，后年考大学，再过四年在城里找份工作，过上体面的生活！这么想着，劲儿就足了！

他来了，混迹于一帮小罗汉中间，他们的神情如乡下的公鸡，个个高亢，显得不可一世！突然，人群里传来惊异地叫喊：“爸——爸——爸！”他看见了佝偻着身子的老爸，肩上压着沉沉的一麻袋黄豆，压得人成了一张引箭待发的弯弓。

他从人群中走出来，在父亲面前愣了一会儿，那一刹那，对他来说，仿佛千年。跨越时空距离，他猛然醒觉，换起袖管，把一袋黄豆提上肩，步履轻松地扛进店里。混混们见状，紧跟上去，把自己的肩上压上黄豆，一个个压成古战场的运输兵！

他不知道父亲是一个如此卑微的人，而自己挥霍的，是父亲以一寸寸生命为代价的血汗钱。一肩黄豆，把他压醒了，尽管醒得迟，终归让父母展颜尽笑。

他后面的发展，已大大超出父母的想象值，数年后，他考入英国一家名牌大学，在那儿攻读博士学位。父亲还在贩卖黄豆，母亲拖着病弱的身子，仍然在织衣厂做小工，不是没有资本安享眼前的幸福，只是大半辈子劳碌惯了，歇不下来。

这年过年，他回家来，在店门口，远远看见父亲在卸货，虽然有搬运工人，但父亲仍不时地做他们的帮手。他放下滚轮拉箱，身着笔挺西装，提起一袋黄豆，就要往肩上送。父亲一把拦住他，责怪道：“儿子，你没必要扛这个，太脏了。”他推开父亲，笑答：“不脏，不脏。”全街道的人，都向他投去怪异的目光，觉得衣着光鲜的一个年轻人怎么能肩扛黄豆呢。知道他是在给父亲做帮手后，人们都说：“这样的儿子，难得啊！”外国留学回来的儿子在大街上扛黄豆！一时间，他成了一条街最抢眼的风景，那么突兀，又那么和谐。

只有他明白，肩上扛起的是人间最美的风景，在这一风景里，一个迷失的孩子找到人生的亮光，寻到一条通往光明的路。而弯成一张弓的父亲，是这风景里永不倾覆的航标。

曲径通胜

一次偶然的机会，我认识了一位名叫简单的女孩。她从新加坡回来不到一年，就在国内某知名唱片公司灌制了首张个人演唱专辑。这一年，她已是25岁，在演艺圈至少算“中年人”了。

简单16岁从艺校毕业后，就进入一家歌舞团当一名舞蹈演员。业余时间，她四处“跑场子”，为歌厅唱歌。那段日子，她与众多“走穴”歌手同台献艺。她的模样清纯可爱，嗓音婉约动人，酷似台湾明星邓丽君。所以，观众给她的掌声和鲜花比给其他任何歌手都多。

一次，国内某著名歌手包装公司来歌厅选演员，诸多姑娘表现得极为热情，唯独简单漠然处之。当好几位歌手远走他乡大踏“星途”的时候，简单却急流勇退，暂时与唱歌告别，转而进入大学学国际贸易和音乐理论。

20岁那年，简单独自一人来到新加坡，在一家影响颇大的幼稚园做舞蹈老师。夜里，她进出酒吧，为诸多陌生的吧友唱邓丽君的歌。幼稚园放假的时候，她就到一家贸易公司做文员。她忙早忙晚，心中只有一个意念：为自己积累财富。

简单从新加坡回到国内，真有点世事沧桑的感觉。与她同台唱歌的女孩们，一个个歌飘万里，名扬天下。不过，她对昔日的姐妹们还算是比较了解的，知道她们红火的背后存在巨大的隐忧。她们生活过得非常富足，但大都缺钱，包装一个歌星，捧红一名明星，没有相当数量的投入是很难奏效的。

不出其所料，没过多久，她就听到某姐妹因钱误入歧途，成了娱乐圈的笑柄。还有其他姐妹大都赶紧结婚生子，淡出歌坛。

简单在开了一家公司后，朝花夕拾，向歌坛发动猛烈攻势。尽管她稍“老”了一点儿，但美妙的嗓音还在，经济实力是明摆着的。听过她的专辑的我，感觉简单的歌有个性，甜而不腻，柔而不歪，轻而不飘。

偶尔看报纸，读到一知名乐评人士对简单的评价：“一位实力派红星正在升起!”简单在走了一大段“弯路”之后，终于与成功结结实实地握了手，圆了自己的明星梦。

简单说：“当初，我父亲让我去大学读书，去新加坡赚钱，我很是想不通。今天我才算明白了。人生在世，有些弯路是一定要走的。”

我说：“这应该叫‘简单定律’吧!”

数学上有个举世公认的定理：两点之间直线最短。然而，在人生道路上，从不成功到成功之间的路，走直线不一定比走弯道更快地抵达目的地。有时候，直线走过去，中间就横着一座无法跨过的山，卧着一条没法涉过的河。

在苍翠的林间行走，曲径弯弯，直通风景怡人的幽处；在人生的道路上跋涉，曲径折折，能够成功抵达胜利的彼岸。“曲径通胜”的新式原理告诉我们：千万别贪图安逸走所谓的捷径，为人处世，该走的弯路一定要走，该受的苦也一定要受。

简单是快乐的通行证

高二那年，学校里流行踢足球。男生们个个生龙活虎，挟裹一个足球进校，一到操场，就飞踢起来，一会儿工夫准能引来两个球队规模的球伴。他们围成一圈，手掌向下向上，划分敌我。然后，围着球呼啦啦地争夺起来，那劲头好似当年中国队在五里河争夺世界杯的出线权。直到上课铃声响过二巡，这帮足球小子们才恋恋不舍地离开足球场，气喘吁吁地跑到教室去上课。

在这场轰轰烈烈的“足球旋风”里，唯独他是一个旁观者。他在一场车祸中，右腿受了伤，正处在恢复期，不能激烈运动。他总喜欢趴在窗前，凝望树林边宽宽的操场上龙腾虎跃的同学们兴趣盎然地踢球。他希望自己的腿赶快好起来，好了就能与同学们一道在操场上踢来踢去。

然而，世上事往往不尽如人意。

在他的伤痊愈的时候，这股足球风也渐渐平息了。校园的风已悄然转向，同学们又开始迷上了篮球。只有他仍固执地迷恋足球。

但是，紧随而来的是紧张的高考复习，他不想惨败考场，所以，只能在空闲之际趴在窗前，恋山恋水一般，恋着树阴里空荡荡的操场。

高中最后一个暑假，他终于迎来了全身心的释放，无牵无挂，无拘无束，飞踢足球，自我陶醉在宽阔的球场上。一个人的操场，他像训练国际冠军那样训练自己的球技，像风一样传球，像鹰一样勾球，然后，一个射门，球飞进门洞。他仿佛听到全场无数的观众在为他而沸腾。

听说他在学校操场踢球，其他耐不住寂寞的同学也跟着来到操场，和他一起过球瘾。他这个足球小子，因球技过人，成了操场上耀眼的明星。就这样，他度过了一个快乐而充实的夏天。

后来，他因为没考上大学，步入职业足球的道路。他踢球，只为赢，赢了，就可能进入更好的层次，就有更丰厚的薪水。他其实很富裕，却并不快乐。

有一次，他在一场重要的比赛上，受了伤，不得不卧床休息。他在病房的电视里看了一场又一场球赛，心里一刻也不得平静，全然没有当年羡山羡水一样只艳羡球场。他关心的只是足球以外的东西，比如一个进球将有多少钱，赢一场比赛名声就更大……当年那个足球小子，已不再是足球小子了，而是个彻头彻尾的足球老油子。

在这样的追逐中，他并不觉得累，只是感到深深的迷茫——我有这么多财富，怎么一点儿也不快乐？我有这么紧张的安排，怎么一点儿也不充实……他非常怀念那个最初踢球的夏天，那是人生中最美的一个季节。

生活往往就是这样，当你自由自在地做一件自己喜欢做的事，纵然没有一丝一毫的回报，也会觉得非常快乐和充实。但是，当你把自己喜欢的事变换成金钱、名誉、地位之类的东西的入场券，那么再喜欢，也会兴味索然，烦恼无度。

电脑打印的信

儿子考上大学以后，几乎每个月都会给父亲写信。父亲是乡村教师，肚子里墨水足足的，顶喜欢看儿子的来信，每次看完信后，总是眯起眼睛，面带微笑地展纸执笔回信。

儿子的信写得不算好，描述一件事不够细致精确，看待一个问题不够全面深刻，尤其是那字太不赏心悦目了。父亲说那字比狗扒的还不如。

父子在信中，天南地北，海阔天空地神聊。父亲在信中喜欢摆一副老大的脸孔，教训儿子。指导不了儿子的学习，他就给儿子讲为人处世的道理。父亲也不是“老古董”，竟然会在信中大谈恋爱之道，末了对儿子说，看到自己喜欢的女孩子，能追尽管追到手，万一不行，就远远地看着她，多看几眼。最后，父亲感叹：世上有些事错过了就永远错过了。

儿子在信中告诉父亲，现在的女孩儿不像从前那么清纯温婉，要追得有潘安的貌、邓通的钱，还必须有那份闲工夫，闲情趣。

父亲就不再在恋爱方面费工夫，转而教儿子写字，坐要正，手要稳，点横竖撇捺要齐整。儿子就如是这般地照办，但收效甚微，长进不大。父亲希望复失望，终于有一天，在信中写道：竖子不可教也！

有一次，儿子利用上机房学习的机会，给父亲打出一封信，然后拷入软盘。周末上街，儿子到打字复印店，求人家帮忙打印出来，但店老板以软盘有病毒为由，拒之门外。儿子并没灰心，一路问过来，发誓不达目的绝不返校。

心诚则灵，儿子花了2元钱，总算把信给漂漂亮亮地打了出来。在把信寄出去的那一刻，儿子心想，老爸，这字跟你讲的课本上的字一模一样，看你这回还有什么说的。

父亲收到儿子电脑打印的信后，啧啧称奇，逢人便说，我儿子了得，写信攀上高科技了。当即回了一封热情洋溢的信，“狠狠”地夸奖了一番儿子。

转眼儿子毕业了，分配在一家大公司搞企划，手头上电脑、扫描仪、打印机一应俱全。儿子与客户往来，伊妹儿来伊妹儿去，与同学聊天，Q 上 Q 下，与父亲写信，也是手不离键盘，少不了打印机。渐渐地，给父亲写信，形成统一的风格，统一的温度，且一成不变。

儿子觉得自己已被电脑格式化了，很想给父亲来一封“亲笔信”，然而终没能成功。

父亲当然是觉得儿子越来越有出息了，因为那信越来越漂亮了，纸比书的封面还高档，彩色的字、耀眼的画比课本好看了不知多少倍。父亲心里一合计，得给儿子回一封用电脑打印的信了。

父亲花了半个晚上写出一封语重心长的信，赶到集镇找人打印，但寻遍每个角落，硬是没找着。父亲并没气馁，坐车赶到县城，总算把这事给办好了。回到家中，父亲美美地等待儿子的回信，心想，儿子肯定会给老父一个惊喜。

儿子的回信到了，是亲笔信，那字歪歪扭扭，还不如狗扒的，但父亲眼瞅着，就有点亲切。儿子在信的末尾，用哀求的口气写道：爸，求你别用电脑给我打信了！

儿子想起父亲那句话：有些事错过了就永远地错过了。他用电脑打第一封信的时候，就觉得自己错过一样谁都不愿错过的东西。

那个打字女生

有一段时间，我写出来的文字，专门由一个女学生帮忙录入电脑。

她在进校前，某县政府的编外打字员。她的打字速度，在我视线范围之内，没有人能超越她。她与一般的学生不一样，“坐性”特别好，一屁股坐在电脑前，半天都可以不挪窝。她的出现对我来说像是在沙漠旅行中，遇见了一只骆驼。

她是不需要打字练习的，文字录入是一流的。论学习，到我这台486破机子上来，岂不是会跑的人来学步嘛。我曾经很认真地问过一回这个问题。我问：“你用不着来我这儿学习，为什么要给我打字?”她是这样回答的：“帮你呀!”我还想继续问下去，她却戛然而止，埋头认认真真地打字。

有一次，一编辑朋友要稿要得急，但她在上晚自习之前还没把文章打完。我有点儿不好意思地说：“能不能尽快帮我打完——是这样的，有点儿急……”她没有回答我，低着头走出了我的宿舍。我看着正在闪烁的电脑屏幕，心急如焚，不知如何是好。

没过多久，她回来了，继续坐在电脑前工作。我的一颗悬着的心总算落了地。

快完工的时候，她的班主任“追”到我宿舍，对她说：“你竟然敢逃课?”然后这位负责的班主任冲我开火：“有你这样做老师的吗，叫学生帮你做事?”

她霍地站起来，解释道：“不关陈老师的事，是我自愿来帮他的，晚自习我向班长请了假，而且班长同意了。”班主任哑口无言，借口有事，走了。她冲我扮了一个鬼脸，得意地笑了。

此事过了不久，师生当中就有人风传她和我在“谈恋爱”，还说什么班主任抓了现行。我百口难辩，她亦是自感无端地受攻到击，又无力抵挡。

全校只有她知道我有一个非常要好的女友，她们还在电话里聊过天。我的女友向她言谢的时候，她脸上竟也漾起一副得意的浅笑。因为我不愿女友在我所处的环境中出现，“恋爱”风波，一直平息不下来。她依然坦然地上课下课，从不被流言蜚语吹倒。她深信清白是再多的嘴也说不黑的。到后来，我都有点怕那些莫须有的说辞，在人前总抬不起头来。

她见我有一段时间没写稿后，竟奇迹般地搬来了我的女友。当女友破天荒地出现在我面前时，我为她的良苦用心深深地感动了。女友见我后，嗔怪道：“真没出息，碰上这一点小事就乱了方寸，怎么去做大事情？”她在一旁抿嘴偷笑，插了一句：“这回该好好写了吧！”女友在是非之地猛地一亮相，像一轮红日迅速驱散扰人的阴霾。

圣诞节前夕，她送给我一个精致的礼品盒，拆开一看，原来是一艘雄伟的“轮船”，插上电后，船只立即通体透亮，金碧辉煌。在船头，她刻下了我和女友的名字。我明白，她在祝福我们百年修得同船渡之后，再修一个共枕眠的千年姻缘。

收到礼物后，我问她：“你喜欢什么小礼品，我好买来回礼。”她生气了，说：“我不要你的礼物，你去买，我就再也不帮你打字。”那认真劲儿，让我不得不为之却步。这个鬼精灵，葫芦里卖得是什么药？我被她搞糊涂了，同时，也被她逗乐了。我说：“这样吧，你毕业的时候，我送一份礼给你，怎么样？”

她点点头，微微含笑。我又一次看见她小胜之时才独有的得意。

她快毕业的时候，我的发稿量猛上了一个台阶。这背后，她这一头无怨无悔的“骆驼”起了不小的作用。她曾得意地说：“应该说我催熟了一个作家。要不是我在后面催你写，你才不会写得那么苦，对吧？”我不得不点头，但回过神后，马上纠正她的话：“你可千万别称我是作家，那是八字还没一撇的事。”她仰着头，俏皮地说：“发表了那么多文章，不算作家，算什么？”我红着脸，不再申辩，三十六计，沉默为上计。她转而自说自话：“当然啰，你也别太骄傲了。你发表的东西再多，也是我第一个看到，而我的水平是很差的哦！”我再也忍不住了，扑哧一笑。

她临走的前一天，帮我打完最后一篇稿件，对我说：“陈老师，明天下午

5点我就要离开南昌，去东莞打工了。”直到这时，我才产生深深地伤感。

我记住了5点钟，那是我和她分别的时刻。此去路遥，何时再见她那将是一个不可猜透的谜。平时，有朋友来，我只送到院门口，而这一回，我决定破例送她到火车站。

第二天一大早，我在银行里换好两张百元大钞，然后，用礼品盒包好，是疏疏淡淡的情义。我不能说自己俗，在送礼品的时候，只想到钱。其实，送礼的至高境界是送人之急需。我知道她家境不好，在这个关头，她不需要贺卡、布娃娃之类，最缺的是钱。我用世上最俗的东西，表达我最雅的祝福。

但是，当我赶到火车站的时候，她乘坐的那趟列车，已走了3个多小时。我在人潮汹涌的候车大厅里，木木地站立了许久。我不知道她为什么要骗我，在这最后一刻。

半个月后，她从东莞给我写来了一封信。我记忆最深的一句话是：“你虽未曾教过我的课，但你是给我的印象最深，也是我人生中最好的一位老师。我佩服你的钻劲和才气，尽管你是个苦命人家出身的。这就是我一心一意要帮你的原因。和你一样，我也是苦过来的，所以不希望你破费买什么礼品。”看到这里，我的脑海里，又浮现她那习惯性的得意的微笑。

此后，我们再没见过面，那份礼钱，一直放在抽屉的最里面，我从来都没想过要去动它，在我心里，那是属于我属于她的美好记忆。

多少年过去了，偶尔念及那段她帮我打字的时光。那种美丽的情愫，就像午后暖阳里回响起老式唱机里飘出来的幽古的曲调，如潮水一般将我淹没。

心灵的蓝头绢

曾在一所私立学校教小学三年级的语文，台下的孩子清纯、可爱，至今我依然清晰地记得。

那时候，班里女孩儿流行在发梢扎一方漂亮的蓝头绢，从讲台上望去，好像许多只蓝蝴蝶停在小女孩的头上，煞是好看。蓝头绢方方正正，不大，真丝料的，柔柔软软，很滑，四边缝合了精美的刺绣，最外边还有一层短短的、绒绒的蓝底缀花的流苏。从工艺、质地和做工看，价格一定不菲。我随便向一位女生打听价钱，虽心里有所准备，但还是暗暗地吃了一惊。

班里孩子的衣着大都光鲜鲜的，看得出来，他们家里并不缺钱花。能来私立学校读书的孩子，家境大都不错。不过，一个叫芳芳的小女孩穿衣打扮在同学中却略显突兀，也许，她家里并不宽裕。芳芳是个懂事的孩子，成绩不算拔尖，但能引起老师的关注（老师总喜欢关注成绩好的，或在成绩上有潜力的学生）。她质朴，好强，唯一的不足是不大合群，少言寡语。

蓝头绢在班里，甚至在全校流行开来的时候，芳芳愈加沉默，一双明亮的大眼睛里盛满了原本不属于她这个年纪的忧郁。我心里明白，芳芳是在乎其他女孩头上蝴蝶一般的蓝头绢。她和大伙一样有强烈的爱美之心，希望得到一方蓝头绢。可惜她没有，不能不让她感到失落和困惑。

芳芳的心神彻底被打乱了，上课精力不集中，下课又一个人孤坐在座位上，目光呆滞，无精打采。她的一切，我都看在眼里，心想，该帮助她走出心灵的沼泽地。

我跑了几个大商场，花了将近半个月的工资为芳芳买了一方蓝头绢。也许，将它扎在芳芳头上，并不能为她增添多少色彩，但一定会在她的心灵投下自信、开朗和舒展自我的光斑。课外活动的时候，我把芳芳的好朋友丽丽叫了过来，叮嘱她把芳芳找来。芳芳像一个寂寞的黑影幽幽地走进我的屋子。

我说："芳芳，我送一块蓝头绢给你，喜欢吗？"

芳芳愣住了，看见我手中的蓝头绢，眼里流露出惊喜。她重重地点了点头。

我别别扭扭地为芳芳扎好蓝头绢，对她说："芳芳，你真漂亮！"

芳芳裂开小嘴无声地笑了。她涩涩地说："谢谢陈老师！"

芳芳转身跑了出去，一边大喊："丽丽——"

孩子一旦拥有欣喜和激动，总喜欢拿来和好朋友分享。她终于得到一方漂亮的蓝头绢，这好消息她先想到了丽丽。她昂起头，像一只快活的小鹿在校园里奔跑，一扫她往日忧郁的神情。可能是我扎得并不结实，半路上，她的蓝头绢落了下来，无声地飘在地上。她没有丝毫地察觉，依然高兴地跑呀、跳呀，像是换了一个人似的。我捡起芳芳遗落在地上的蓝头绢，心想，她已给心灵里扎上了一方漂亮的蓝头绢。

芳芳整个儿变了，成了伙伴中自信、快乐、活泼的一员。而那块蓝头绢，依然在我的手上，保存至今。

芦荟流泪

有个朋友在一所民办大学里教新闻，她是一位很出色的老师，教的学生有不少应聘到报社、电视台，成了那儿的骨干记者。和别人不一样的是，她有一个朴实的理念：新闻记者就像一支粉笔，随时都有被折断、甚至被粉碎的危险，但是只要一息尚存，就要在黑板上留下正义之言，传递真理之声。学生们闻听此言，往往热血沸腾，跃跃欲试。

由于经常在粉笔灰中穿梭，她的皮肤变得有些粗糙，冬天来临的时候，双手处处皲裂，裂痕处凝着细小的血痂。学生们非常爱她，就到花鸟市场买来一盆嫩绿的芦荟送给她。她每天涂抹芦荟汁，双手不再开裂，粗糙的皮肤慢慢地细嫩起来。

在她的心里，芦荟不仅是一种植物，还代表着学生对她一片纯净的爱。

后来，她跳槽到电视台做记者，因为不舍得那盆芦荟，便不辞辛苦地把它抱到办公室的阳台上，让它每天享受阳光和水的滋润。芦荟健康地生长，散发出鲜活的魅力，就像它主人一样，具有年轻的活力。她在芦荟的滋润下，采编了一则又一则新闻，在圈里迅速走红。

这天，办公室的同事们看到阳台上的芦荟纷纷议论开来：“芦荟是个好东西，可惜市面上的芦荟产品假货太多……”“市场里的芦荟杂七杂八什么都有，芦荟洗发液，芦荟营养液，芦荟美肤宝……据说都是借芦荟之美名，行假冒伪劣之恶行。”更让她心惊的话是：“听说很多芦荟产品都掺进了化工原料，伤人呢！”职业的敏感让她警然，聊天还在继续，她已带着暗访设备赶赴市场做调查。

节目播出之后，她接到一个陌生人的电话：“你就此罢手吧，你给我活路，我也给你活路。大家都不想看到鱼死网破的结局。只要你提条件什么都好谈。”她坚决地回答：“只要你不再做伤天害理的事，我什么都好谈，否则，我们将跟踪到底。”追踪报道对这些人来说，无疑是灭顶之灾。

不久，她在一次“偶然”的车祸中失去双腿，“芦荟事件”才告终。在交警的处理记录中，没有“谋杀”一说，但她的当记者的学生们都知道，谁是真正的凶手。

她住院的时候，作为同行的学生送来许多盆鲜嫩的芦荟，每一支芦荟都被掐了头，然后，挤绿汁涂抹在老师的手上。那新鲜的断头处，噙着浓绿的芦荟汁。当天多家报纸都刊文声援她，用的是同一个题目：芦荟流泪。

等你回来

她去边区支教，他很担心。不是怕她变心，是心疼她吃不了那边的苦。

对前途，她保持适度乐观，她说，没事的，不就两年吗？

对爱，他没有任何动摇，他说，别说等两年，就是20年，我也会一直等下去。等你回来。

她勾起食指，刮刮他的鼻子，说，张嘴说是一辈子，也许只能热乎一阵子。不理你啦！

他紧紧环抱住她，说，我的嘴连着心。这话，不是张嘴就来的，从心里流出来的。

临行前，他送一部新手机给她。他说，你用这部手机联络我，我会为你24小时开机。

到了支教学校，感觉很意外，不在山区，而是留在县一中，与县城隔着一条小小的河，环境清幽，古木参天。准备来吃大苦，没想到，刚踏入这片土地，就受到如此优待。

校长说，难得大城市来的高材生啊，欢迎你。我们正缺年轻的优秀教师。往后，你的课，不仅有学生听，各乡镇的老师分期分批都会来。要感谢你啊。

县城很小。周末，一个人逛了不到一个小时，就东西南北走了个遍。返校时，遇上几个男人，一脸凶邪，合围上来。

见这阵势，她吓得浑身如筛糠，大喊，你们，你们要干什么？

其中一个说，要钱！

她身上没带钱，只好从包里把手机掏出来，递了过去，怯怯地问，这个行吗？

最前面那个，把手机抢了过去，说，当然行，滚吧！

她急急忙忙离开，背后传来另一个人的声音，等等，这个拿回去。

原来是手机卡。握着手机卡，她有一种劫后余生的感觉。

怕他在远方担心，不敢告诉他，一个人忍着。日子重复而不单调，上课，辅导，辅导，上课，一回到宿舍，歪在床上，就不想再动了。跟他发短信少了，猛然醒悟过来，他的来电也稀了，如秋后的树叶。

她在新买的手机里，摁下那串烂熟于心的数字，却听见冷柔的机器女声提示，您拨打的用户已停机。他不说承诺24小时开机吗？也许关的不是手机，而是心门。心莫名地凉了下来。一个人走得再远，只要他在心里，就不觉得路遥。而他的心放不下自己，自己远离家乡来此地，又有什么意义？

伤心不管用，努力加餐饭。她要为自己做顿丰盛的午餐。

从菜场买好菜，精心烹制，吃鱼时，满嘴恶臭土腥，应该是受了污染的。心里堵得慌。

她提着另一条养在盆里的鱼，去找鱼贩理论。还没说两句，从摊子背后走出来几个彪形大汉，吼叫，谁来找茬儿，想死啊？

这架势，她是领略过的，心凉了半截儿。只听见身后传来一个坚定的声音，你们不能这样，她是一中的老师。

人退了，鱼贩换了一个人似的，很谦卑地说，对不起，我们换。

回来时，她提了十来条鱼。全煮了，一个人吃不完，约来学生，一起分享。

一次去网吧逮学生返校。刚入县城南门口，被一男人拦住了。她没有了惊惧，县城之乱，她已习惯了。

那人说，你是一中老师？

她点点头，冷眼看他。

那人说，这手机还给你，没人动过的。他递过手机后，朝她深鞠了一躬。

校长的电话跟了过来，叫她赶紧回来，不能直接去网吧逮学生，太危险了。跟网吧我们学校有专人交涉。普通老师不能去的。

她听不进去。老师找回自己的学生，网吧能怎么地，吃了自己不成？

再听见校长的声音，是在医院。

校长说，要输血？那就抽我的吧！不行？那怎么办呀？

晚上，她在病房的电视里看到一个壮观的场面——采血点上，排起长长的队，只因为一中老师要输血！这时，她才知道自己的血型是稀有的。而各乡镇老师带着学生，自发来到县城，只为能与她的血型相配。

病愈出院，她才明白“一中老师”是金字招牌。不是老师有多吃香，而是人们打心底对老师的敬重，哪怕，他是个抢掠行凶的社会边缘人。当时，去拉学生的时候，她忘了声明自己是一中的老师，她突兀的普通话，似乎证明她不是一中老师，甚至不是本地人。当然，他们下手就不知轻重。

有些留恋斯人斯地了。发信息告诉他，他只回复，我们不合适，还是分手吧。

还记得，出发时，他说过的，等你回来。仿佛就在耳边，却那么遥远，不真切了。

年轻的网吧老板说，只要我想开网吧，谁都关不掉我的。现在，我关掉，只为给“一中的老师”一个交代。

从那天起，前网吧老板天天送花到她窗前，痛改前非，晚上还去电大学习。

直到回城，她的窗前，黑压压一片的败花如一首温厚且浪漫的情诗。

两年很漫长，也很短暂。她最后回望一眼县城，走进火车站，看见很多老师，很多同学，熟悉的，不熟悉的，都来送行。孩子们用红布拉起横幅。还有他，那个前网吧老板，高高地举起一个心形牌。上面都写着：等你回来。

只有心形牌下的他知道，她这次回家跟父母和姐姐团聚，主题是告别——和她和前男友了断前尘往事。

五钵饭

山的尽头还是山，一座连一座，绵绵起伏。

蓝天下，红的地，绿的树，流线型的山峦，初来乍到的人，仿佛在画中游。进得山来，景象大不同，消瘦的村庄，蓬勃的野草，荒芜的田园，寂寥的人烟，目之所及，尽显落败。山雾退去，高山之巅的村小浮现出来：一排古旧的教室，一面鲜艳的国旗，一群乌鸦，一个人。这个人，是刚从城里来支教的，师范大学大四学生，姓王，孩子们都叫他王老师！

他来校后，村里特招一个女人帮忙做饭。她姓刘，人称刘婶，年纪并不大，只大他八九岁，已是三个孩子的妈。她当他是弟弟，甚至只是个孩子。丈夫在外打工挣钱，她一个人承受生活的重担，岁月非但没给她染上苍老之色，反而增添一丝成熟的风韵。

鸟鸣惊心的清晨，是彻骨的荒寒。随着刘婶的到来，初涨的人气逼退寒意。太阳爬上山头，三三两两的孩子，就从大山深处的人家走来这里。十几个孩子，朗朗书声，成了山里最热闹也最有希望的晨音。

下午放学之后，这所静得只有风声和鸟鸣的山村小学，只有他和她，围绕一顿晚饭，亲如一家人。饭后，他总会以一句："刘婶，我跟你说——"然后，满腹心事，说与她听。她是个称职的听众，始终挂着笑容，用心聆听，偶尔会替他说几句话，数落他女友的不是。

满世界都在夸赞他作为一名志愿者的光荣和博爱，只有她明了他的选择无非是年轻的心被爱情灼伤，失恋之际的软弱和逃遁。她无法也无意去解开他的心结，用心做好分内事，帮他做好饭，甚至义务替他洗衣整理房间。

学校里有五个孩子，路远，中午来回不便，就在学校搭伙。下午放学，若是天不好，就住校，男生和王老师挤一床，女生就在旁边那间凑合一宿。

这五个孩子晚饭吃不吃，夜里住与不住，由王老师掌握。他定下来就对她说：“刘婶，晚上加五钵饭！”她应承道：“好啊。”

一次酒后，他对她说了几十担外加十几箩的心事。然后，隔着不宽的小方桌，他说：“刘婶，我要——”他要什么，作为女人她非常清楚，不过还是坚决回绝了。她说：“不行的，刘婶让了你，就是害你呢！”他嘟囔了半宿，她的心头悲悯和同情占了上风，说的话也随之甜软起来：“真的连见都没见过？……那你只能看一眼……答应我不能动手啊！”

她像当年喂孩子那样，撩起前襟，半明不亮的白炽灯光下，那对可爱的小白兔显得十分顽皮。他的手禁不住也顽皮起来，和两只小白兔一起游戏一起乐，蜻蜓点水，浅尝辄止。

第二天，他接到女友的电话，笑容重又浮漾在那忧郁的脸上。他对她说的话，没了怨艾，含糖量迅速提升。她知道，那是爱情的滋润。那夜那场酒后的滑稽戏，春梦了无痕。可是，这样的日子没持续多久，他更忧郁了。

一次在灶前，他帮忙烧火，突然腾地蹿起，伸展五指，轻轻地落在她的胸前，纯棉料子的衬衣，导过来舒心的柔软，惬意的温暖。却听见刘婶笑问：“王老师，又加五钵饭吗？”与此同时，他清晰地听到后面有人咳嗽，赶紧缩手。来人说：“要加五钵饭啊！好，好！”他俩异口同声地说：“熊主任！”村主任喝了酒，路过此地，摇摇晃晃进来，却看见这一幕。

有关五钵饭的事，就那样莫名地，不怀好意地在山村里流传开来。刘婶不再来学校帮忙做饭了，短短几天，人消瘦得厉害。没过多久，王老师也要返城。先是那五个住得最远的孩子找到他，说：“王老师，我们不读了，以后就不用再加五钵饭。你答应我们不走，好吗？”

走的那天，所有的孩子都来送行，一个女生说：“王老师你别走，长大后，我当你的五钵饭！”然后，女生们一齐高喊：“王老师，你别走，长大后我们都当你的五钵饭！”

他一走，学校又散了。

山里，她在人言旋涡中苦苦挣扎，满脑子都是该死的五钵饭。他回到城市，女友已是别人的新娘，眼前的车水马龙，勾连得他心事重重，想起那“五钵饭”，百味杂陈。

山的尽头还是山，一座连一座，绵绵起伏……

意　外

财经大学所在的青山路，其实与青山没有一丝瓜葛，就像他获得会计学学士学位，却没有做一天会计一样。太意外了。

当年，大学毕业后，都是国家分配，从哪里来，到哪里去，专业与岗位对口，一纸派遣证定终身。而他，偏偏是个并不多见的例外。单位计财处满员，而宣传部却缺人手，领导看他在大学校报上发过几篇“豆腐块”，就让他到宣传部报到去了。意外归意外，但他没有什么抱怨，拿着领导签的单子，乐呵呵地跨进宣传部的门槛。

脑袋里没有太多的条条框框，心里没有什么拘束与畏怯，大有不知者不畏的英雄气概。最初的日子，宣传部部长对他的训话频繁，詈言指责，不是文风太过飘，就是措辞不够严谨，不是结构懒散，就是行文过于拖沓……一句话，就是一无是处。领导说归说，也就是在他原稿上画几个错别字，砍掉一些多余枝节，然后大笔一挥签上一个大大的“发”字。到后来，部长、副部长出差，对于草拟的公文，他打电话过去请求，那边只说，你先复印吧，手续等我回来补。再后来，单位一、二把手的讲话稿，单位的年度总结，各式各样的先进事迹……都找他来写。“一把铁算盘”的财会好手，生生被单位改造成“一支笔”的秀才。

机关的生态往往难脱“能干的不如能看，能看的不如捣蛋的”，这一遭人病诟的窠臼。他数星星盼月亮，年年升迁有望，却岁岁希望落空。日子久了，他整得没什么脾气了，自己就像了一个石块，曾经那般锐利，岁月打磨后，变成无棱无角的一颗鹅卵石。

恰逢此时，单位要办内部报，主编是部长，实则他在操作全盘。他把报纸印出来，在版权处他的名字之前，打的只是“责任编辑”。失意人，总有诉不尽的心事。低落时，他就化名，在自己编的副刊，发心情文章。后来，这些失意文字，也会在当地日报晚报的副刊上刊登。

他的名字露脸的机会多了，自然被很多的读者所熟悉追崇。他的文章晚报社的编辑更是喜欢得不行。所以，报社首次打出招聘广告的时候，他接到了晚报编辑朋友的电话，约请加盟报社，一起干新闻。也就是一刹那间，他给自己未来数年定下一个基调：做记者去！

他要辞职了！

这个意外消息迅速在单位炸开了锅，简直有惊雷之效果。亲友领导同事一拨一拨的人纷纷来劝导：要三思呀，铁饭碗不要，去端个没编制的泥饭碗？没错，记者是无冕之王，可你只是一个没有编制的记者的呀？辞掉正式工作，去做一个不正式的记者，你要后悔的。

扑面而来的劝导，他只以一句回敬："若真会后悔，那就让我后悔去吧。"

他走得很干脆，走得毅然决然，行云流水一般，人生的轨迹，就此悄悄地拐了个弧度优美的弯。

一个学财会的"铁算盘"，很快在采访路上，成长为老百姓喜爱的"包青天"——他帮读者维权的经历，已经足够写成一本厚厚的书了。

水里的眼睛

他不会游泳，看着身边的同学们结伴到赣江畅游，便寻思要学一学。

那天下午，他和一帮同学一起来到赣江边上，艳羡地望着如煮饺子一般的人群。这是一处巨大的沙滩，对面就是新市府门前的秋水广场，水里岸上到处是人，有套泳圈的，有畅游的，有学泳的，也有不少看客。

经不住大伙的怂恿，他扑通一声，下水了，和一些初学者一起，在浅滩手拔腿蹬地戏水。

他手撑沙地，以螃蟹之姿，戏游，越玩越开心。明显是大意了，他怎么也没料到水里有巨大的沙坑——那是采砂船留下的杰作。正在兴头上，他滑入沙坑，水深至四五米。他留下一句“救命”之后，身体不断下沉。

人太多了，没有谁在乎几句“救命”之声，只有他的同桌警醒着，鱼一样游去，沉在水中里，摸索他这个旱鸭子。他看到同桌那双水仙一般的明眸。

和所有的悲情小英雄的故事一样，他获救了，而他的同桌因精疲力竭，困在水深数米的大沙坑里，魂归西天。在这一突发的灾变中，同桌那双在水里的眼睛深深地烙进他的心灵，眼神流露出对生命的敬重，以及在灾难面前的无助。

同桌躺在太平间的时候，他很想看最后一眼，但被父亲强行拉住了；同桌在殡仪馆火化的时候，他很想去送最后一程，但被母亲拦在家里；他还想着去看看同桌的父母，但是……父母的理由很简单，若是承认了被救一事，他们家里肯定会要求索赔，索性全部推掉，莫奈我何。

不久，同桌的父母来到家里，只想问一问，我儿子为救你儿子人都死了，你们怎么也不来看看，或者过问一下。他父母蛮横地将他们挡在家门外，并声称：“你儿子的死与我们家小孩无任何关系。我们的孩子命大福大——”他一点儿也听不下去了，想和父母理论，却发现门反锁了。想起水里的那双眼睛，他痛哭不止。

同桌的父母还未从失去儿子的悲痛中解脱出来，又遭此羞辱，悲愤之际，向法院起诉，讨要说法，恢复儿子的英名，并索赔10万元精神损失费。上法庭之前，父母要他咬定自己不是同桌救的，这样一来，同桌的父母必输无疑。他不答应，便遭到呵斥、鞭打。

法庭上，双方父母唇枪舌战，同桌的父母处于下风，已无力回天。轮到他出庭作证，语惊四座："我的命是用我同桌的命换来的，往后，我也是他们的儿子。这10万块钱，我爸爸妈妈不还，长大后，我一定还上！"

他的父母气得脸红脖子粗，疯了似的大闹法庭："小孩子说话不算话的，不算！"

回到家里，父母扇了儿子几个耳光，逼问他："你为什么当庭说出那么傻的话，让我们难堪？10万块你以为那么容易赚？"

他流泪对父母说："我不能对不起自己的良心，不能对不起水里的那双眼睛。"

忠告·花

肖伟是一家跨国公司的高级主管。能有今天，肖伟要感谢那句曾深深地伤及他自尊的忠告。当年侮辱他的人，是他小学五年级的班主任徐老师。

肖伟的父亲贪赌成性，钱财输尽，家徒四壁，母亲每每抗争，总遭到暴打。从小他没过过一天安生日子，在这种家庭背景下，他成了一个“老油子少年”，什么坏事都敢做，什么禁忌都不怕，学习成绩更是一塌糊涂。学校碍于他父亲的暴戾，都不敢对他怎样，只要不在学校犯大事，就由他去。

读到五年级，徐老师从乡中心小学调到学校来任校长，担任他的班主任兼语文老师。徐老师得知肖伟的家庭情况之后，对他特别关心，夸他聪明能干，鼓励他好好学习，但他玩性太重，心野了，无法收回。肖伟依然我行我素，整天疯疯癫癫，打打闹闹，没有一刻静得下来。

临毕业，徐老师使了杀手锏，禁止肖伟参加小学升初中统一考试，因为，他注定是考不上的，应考了只会降低升学率！肖伟的母亲来到学校，对儿子不能应考一事提出质疑，并像泼妇骂街一样，痛骂徐老师。

围观的人越来越多，一直不吭声的徐老师，突然大声说：“肖伟，你这样下去能考上大学，我死给你看！没出息的人，不要给学校丢脸了。”就这一句，让他母亲静了下来，她忍着不流泪，拉着儿子回家去了。

至于有没有参加那场考试，肖伟自己也记不起来了，他只记得当时母亲脸红了，自己愤怒了！从那时起，他便下定决心考大学，让这个在众人面前极大地伤害自己自尊的徐老师死给自己看！

他中考考了两次，高考考了三回，终于在1998年考入北京经济学院。

那个夏天，他拿着入学通知书去找徐老师，发誓要这个狂妄的人兑现10年前的诺言。

在路上，他把 10 年前的经历仔细回想了一遍，那些过往的人生片断，像黑白电影一样，在脑海里淡入淡出。下车后，走在村庄的街巷里，他顿悟了："如果没有那次伤及自尊，如果没有那句忠告，我这辈子也别想上大学啊！这不正是徐老师对自己的激励吗！"

他向村人打听徐老师的住处。现在，他不是要兴师动众责问老师，而是改变了主意，要登门向老师道谢。

叩开徐老师的家门，老师不在，师母手指山后，那是一座新修的坟茔。就在前不久，徐老师因劳累过度，英年早逝。

当年徐老师因材而施教，却被自己误读了 10 年，直到自己受其惠泽，还耿耿于怀他的"出格之言"，要他死给自己看。

想起这些，肖伟长跪在老师坟前，默默流泪，祈愿老师宽恕，祝福老师安宁。

临走的时候，他在坟前采了一束无名的白花，夹在录取通知书里面，淡淡的原野之味渐渐从那鲜红的纸张里逸出，在空中飘散。

他感觉那是徐老师人格的馨香，教育的馨香。

从此，那束无名花代替那句忠告一直陪着肖伟，而那抹幽香在花枯之后，已渐渐融入他的生命之中。

宽恕·花

收到录取通知书后，他对班主任老师的仇恨渐渐沉淀在心间的尊敬。多少年了，此恨由当年一粒微小的种子，长成一棵枝繁叶茂的参天大树。

他窝在乡村中学教书的时候，此恨达到前所未有的峰值。有时，他恨不得立马找到老师，给他算一次总账！怨怒与仇恨交加，人痛苦得难于自持了，后来，终于找到一个泄露的出口——复习考研。心怀深恨之人，一旦有了他爱，那爱自会深沉如海。他化解对班主任的恨，转而对学习产生了爱，一心扑在考研复习上去。

在稻田边上的中学，他度过三年多的乡村时光，后来，终于考上北京一所著名大学的硕士研究生。去北京的前夜，他第一次回到母校，在班主任老师家楼下，徘徊复徘徊，但终究没上去。

此恨，源于当年那张《高考志愿表》。

他的成绩一直名列全年级前茅，只是一次摸底考试，因为生病，落到了百名外，却被班主任老师牢牢记住了。高考结束后，他估过分，心里有十足的把握，填报志愿时，把北大清华等名校都填了上去，且不服从调剂。班主任看后很吃惊，对他说："这怎么行？你应该至少在提前录取栏报个省属师大啊！"他一个农家娃，哪知道那么多，老师让报就报了。

等他明白了提前录取是怎么回事，急急忙忙找老师，说要涂掉师大，不报了。班主任吓唬他："表填写好了，就不能再改，改了就作废了！"一句话，把他给唬住了。

收到师大提前录取通知书后，他才知道，自己的分数，比录取北大清华的同学的分数还要高出二十多分。他知道自己被班主任害惨了。班主任为了确保录取率，担心他上不了名牌，竟然使出这样的招术。怎么会遇到这样不负责任的老师?！他的恨，便蓬勃而生！

时光如白驹过隙，一晃又过了多年。如今，他已跃居高位，身边求他办事的人川流不息。有一天，他在办公室接待了当年的班主任，握过手之后，居然亲自把老师带到办事员身边，向他们介绍说：“这是我高中老师——”

他打电话对我说：“我们高中的老师来了，晚上过来聚聚。”

他就是我的同学刘小龙。

当年他对老师的恨，已非咬牙切齿所能形容的，应该算是深入骨髓。相隔这么多年，见面了，他的恨过眼云烟一样，消失得无影无踪。恨消爱长，刘小龙抛闪了过往的纠结，一心一意帮助处在困顿中的老师。

私下里，我悄声打听：“小龙，你还恨老师吗?”

刘小龙说：“恨有什么用，这么多年过去了，世事变化无常，该用宽恕之心对待。”

话别了老师和刘小龙，回到家，打开电视看新闻频道《面对面》，柴静对话材料学家师昌绪。师老荣获 2010 年度国家科技奖，是材料学界的泰斗。“文革”时，他曾被人扣上“大特务”的帽子，遭受严重的迫害，被人打得几度想自杀！拨乱反正后，师老重回中科院，担任学部委员（即今天的院士）主持一项评选，当年对他下狠手毒手的人也名列其中。师老没有指出那人“文革”的丑行，还投了他一票。

师昌绪的恕人之道，让他赢得“老佛爷”的美名。

从刘小龙到师昌绪，我看到了一朵最美丽的花，开在人心。这花朵的名字叫宽恕。它奇异的香，化解人间纷争与仇恨，它迷人的艳，诠释人间爱的芬芳。宽恕之花，是开在心间最香艳的花朵，长在人间最迷人的花蕊！

往N+1的方向

静静是我偶然之间认识的一个再平凡不过的女人。别人问及她的行当，她乐呵呵地说：“我啊，搞地勤的。”不知道的人，还以为她在哪家航空公司高就呢。她所谓的地勤，其实就是扫地。她在一家保洁公司做清洁工，哪怕一身工服，也很注重打扮自己，衣着整洁，发丝不乱，脖子上挂一串珠子，市面上那种挺便宜的浊黄木珠，竟也衬出几许妩媚来。问她信不信佛，她只笑笑说：“信，佛就在心中。不信，佛就在天上。”如此绝妙地回答，倒是很少听过。再苦再累，她眼里总荡漾着一圈淡淡的笑意，嘴里哼着不着调的歌——不在意歌，只关乎心情。卑微的苦工，在她，却当是高薪白领的活计。

在我看来，静静有谜一样的朦胧美，让人猜摸不透。

第二次见静静，她高仰着头，落落大方地喊住我，言语间，颇有些热情洋溢的味道。她说：“陈老师，见你一次真不容易啊！”心想，才见一次，她居然能准确地认出我来，真是服了。见过无数清洁工，个个都低着头，看地，清扫，她这样有些调皮地仰着头，模样煞是好看。她有些喋喋不休了：“我上电视啦！是跟我们家春春一起上的。哈哈，有机会，你一定要看啊！下星期三，湖南卫视下午2点播。”难怪她会如此自尊，如此自信，原来她培养了一个名叫春春如此有出息的孩子。孩子永远是母亲最珍视的宝贝，是母亲骄傲的本钱。这就是她的乐天气质时不时浮泛于形神之中的原因吧。

对她，无非是看到谜底之后的豁然，不深的交情，也就不会把她的交代往心里记了。转身，就将她的叮嘱忘在了脑后。

到了那一天，突然收到一条陌生人发来的短信——陈老师好，敬请关注湖南卫视今天下午2点的节目，有我的镜头啦，谢谢！刹那间的疑惑过后，搜寻记忆中的积存，一下子就猜辨出是静静。真佩服她的细心，说之后，还要短信提醒。很少看湖南台，这一次随手打开来看，让我吃惊的是，这是歌手李宇春现场演唱会的录像。终于看到静静，那是给现场观众的一个特写镜头，也就五六秒吧。她夸张的表情，抒展到极致的豪笑，让我看到与她工作毫不相干的另一面，与她工作时一样，这也是一袭的美丽。

我想起她随口说的那句“我们家的春春”来，她家的春春，原来不是自己的孩子，而是歌手李宇春呢。

后又见到静静，她给我介绍了去广州参加李宇春演唱会时的情形，一帮“玉米”给她订最便宜的机票，门票是网上预订的，与人合住四星级的酒店，其实都不算贵了。但总的算下来，她却用了三四个月的工资才马马虎虎填上这个窟窿。她说：“没办法，只好夜里再接一份零工，否则，吃饭的钱都没有了。”

这一次，她给我送了一张李宇春的正版 CD《N＋1》。手握这张“N＋1”，回想与静静交往的点滴，我想，也许世俗会给人定义 N 种状态，但总有一些人，在樊篱中突围，找寻到自己人生的 N＋1，将一种缥渺可能化为活生生的现实。这 N＋1，是诗意般的生存，是个性化的生活，是无数人孜孜以求，却总是擦肩而过的人生“优乐美”。

出息

望子成龙，对每一个父亲来说，都是潜藏内心深处的一条大河。我就是父亲爱河里，历经千洗万汰的那粒粗砂。

父亲对我的励志教育，用狂轰滥炸来形容毫不夸张，登峰造极，是那次拉我跟他“回乡”。确切地说，回的不是父亲的故乡，只是他下放过地方，他的青春“收容所”。父亲指着一间坍塌的土坯房对我说：“当年，我就是在这里用功读书，考上大学的！”父亲用过的那盏马灯还吊在摇摇欲坠的横梁上，轻轻一碰，铁锈纷纷飞落，像是父亲绵绵不尽的记忆。

父亲带我走过村里每一个角落，凡是他苦读过的地方，都要驻足良久，用他的忆苦思甜，现场给我来个人生启迪。我没有听进父亲的教导，而是用心打量这个我非常陌生的乡村。

荒凉、破败、零乱，没有青年，缺乏生气，村外农田里新建的三四层楼房，铁将军把门，空无一人。三三两两的孩子，用木讷的眼神远远地盯着我们，静静地围观，无声地跟踪。他们的父母在遥远的城市打工，跟着爷爷奶奶或者姥姥姥爷过日子。有父母亲，少父母爱。

父亲带我去他当年教过书的小学。他曾在村小学校做了几年民办教师。见到小学的第一眼，父亲惊奇地说：“没变，一点儿都没变，还是老样子。”现任小学老师出来，看到父亲，猛扑过来，给父亲结结实实的一个拥抱！是父亲的老同事。

父亲问：“你还没退休？怎么还在教课？”

他对父亲说：“早退了。可是，这穷乡僻壤，哪有老师愿来呀？我们就返聘继续教，虽说孩子很少，但只要有一个，我就舍不得让他们没书读啊！”

父亲的这次励志教育对我触动极大。从此，我远离网游电玩，发奋读书。

父亲逢人就夸："回乡没白回啊！效果相当好！"

高考填报志愿时，父亲非常惊诧，问："你不是不喜欢教书吗？怎么都填师范大学？"我对父亲说："我觉得还是当老师好！"如愿考上师大。大学毕业时，我向学校提出支教申请，目的地就是父亲当年下放过的贫困山区。得知此情，父亲异常恼怒，对我说："老子辛辛苦苦读书，就是为了走出乡下。你倒好，轻轻松松放弃城市，走回我的老路！你就这么点出息？早知道这样，才不会带你去那里！"

到村里的第一件事，就是从父亲当年住过的破屋里，取下那盏马灯，擦掉斑斑锈迹，加满煤油，以备停电时，点亮黑暗。这里老是停电。关键时刻，马灯大有作为。

第一次站在讲台上，一个跟我齐肩高的留级生，用蔑视的口气问我："老师，我们乡下人有点出息的都进城打工了。可你这个城里人，怎么会想来我们乡下教书呢？难道你就这么点出息吗？"又是出息！一时间，我头脑一片空白，呆愣良久，才缓缓地对他说："我也许没什么出息，但一定会好好教书！"

我没有给他们开空头支票。期末考试，他们的成绩从全乡倒数第一跃升至第二。在我看来，这不是主要的。最重要的是，在我来之前，班里的学生，一个个都厌学，希望早点进城打工，以至于乡中学校门两边那句"不念完初中，不能去打工"也挽不住学生的弃学之心。从小没有培养好学习兴趣，这些孩子难于完成九年义务教育。我让他们体会到了学习的快乐。

这期间，我的父亲母亲用尽他们所有能想到的法子，软硬兼施，劝我回城。我不但没心动，反而考上县里的正式小学教师编制，立志扎根山区小学。

那一年，表姐考入耶鲁大学，漂洋过海去了美国。那天，我接到她的越洋电话："老弟，你成绩一向比我好，怎么就不留学呢？待在山窝窝里，有什么意思？不是我说你，你怎么就那么点儿出息呀！?"还是出息！我拆开第一次取笑我没出息的那个大男孩给我的来信，念给表姐听："老师，你来教我们不是没出息，而是大有出息！因为，我们在你的教导下，一个个都有出息了！老师，你是一盏照亮我们前程的马灯啊！"

是夜，我在自己的微博上郑重地发了一条：人各有志。我选择接父亲的棒，是因为山村里的孩子需要我！被人需要，是一种幸福。

金贵的月饼

小时候，家里穷买不起月饼，过中秋节，一个门前树上长的柚子和一把地里刨的花生，就算是赏月的吃食了。类似的情况，并不是一家，家家大抵如此。在村里，中秋节只有邻居家黄小旦才有月饼吃，因为他爸爸在矿上工作，月饼是单位发的福利。

吃第一块月饼的时候，我都已经是一名初一的学生了。人生第一块月饼，居然是花了天价，用一对金耳环换来的。

对月饼，我已向往已久，每年都会缠着黄小旦分一点尝尝，都空劳无获。这年，我仍和往常一样缠他："小旦，给一点点我吃，好啵?"他一反常态，大方地说："不要分一点，要不我从家里拿一个完整的给你!"我当然高兴，谁知他提了一个要求："你要拿你妈妈的耳环给我换。"妈妈的耳环？我知道那是妈妈宝物，是姥姥给妈陪嫁陪过来的，她只在重要的场合重要的节日戴，平时，都是放在衣柜里面。有一次，我无意中发现了妈妈藏藏掖掖，等她不注意，我蹑手蹑脚地去掏，才发现那是妈妈从耳朵上取下来的一对耳环。

我没有马上答应小旦，只是一个人溜进里屋，察看妈妈的耳环到底在不在。我搬来凳子，站在上面，伸手一掏，把一个红包掏了出来，打开一看，果然是那对金灿灿的耳环。这时，我的口水流了出来，我分明闻到了那股诱人的月饼浓香。

我把耳环递给小旦，他马上从兜里取出一块圆圆的月饼来。我一把抓过，三口两口狼吞虎咽起来。啊，太好吃了，甜甜的，香香的，吃完看一眼天上的圆月，觉得那月光都分外皎洁明亮。

我转身要走，小旦的妈妈又递给我月饼。这一回，我没有吃，心想，爸爸妈妈从来没吃过月饼，一定要让他们尝尝!

月夜下，家人在屋檐下支起一小方桌，爸爸妈妈正指挥姐姐破柚子，大簸箕里盛满了新煮的盐水花生。我把那块月饼递到妈妈眼前，兴奋地说：“妈，吃月饼！”妈妈没有接，而是追问怎么得来的。当她知道是拿金耳环换的，气得不行了，直骂我是败家子！让我感到惊奇的是，爸爸坐在椅子上一动不动，如在以往，他非打扁我不可。

妈妈领我到邻居黄家，要求退回月饼，并追回耳环。黄小旦的妈妈质问道：“你儿子已经吃了我一块月饼，怎么能追回呢？除非他吐出一个完整的月饼来！”爸爸从后面追了过来，把我们拉了回去。他说：“儿子都是中学生了，既然做了，就要承担下来，怎么能反悔呢？”

爸爸没有打我，妈妈一个人躲在屋里哭了起来。爸爸问我：“月饼好吃吗？如果想每年中秋都能吃到月饼，就要好好读书。你知道，你送出去的金耳环值多少块月饼吗？再不好好上学，你还会犯这样的傻！”我哭了，为自己的愚蠢，为自己好吃而哭泣！

月光如水，爸爸把那块月饼切成几块，给我们姐弟几个分了，他自己带头吃了起来。姐姐也给妈妈送了一块进去。妈妈当时吃没吃月饼，我已记不起来了，但是，这个有月饼的中秋节，一直深深地根植于我的内心。

从那时起，家人就开始把我当大人看了，并用宽容和爱，替我构筑起一个男子汉的尊严。这块金贵的月饼，一直香甜着我的少年梦，香甜着我人生每一个中秋夜。

羞涩是最美的心灵灯盏

接到那个电话，我感到十分震惊，作为一名从教10年的老师，甚至还有点茫然无措，以致结结巴巴地应答。

她是我最为得意的学生之一，文章写得飘逸，写作水平远在同学之上。我在课堂上，给予她极高的评价："某某同学是我从教十年来，所教学生中，写得最好的同学。日后，定能成为大作家。"新闻班的大专生，个个文笔不赖，突然冒出一个被老师如许夸赞的同学，惊羡之情，赞许的目光，都幸运地向她投去。

遗憾的是，我教了这个班两个学期，某某同学还没有发表一篇文章。这让我多少有些失望。班上的同学对她的赞叹，也慢慢变成半是尊崇，半是嘲弄地戏谑："大作家，又在写作啊！大作家，又发表文章了吗?"压力一一向她袭去，仿佛一座沉重的大山压在她柔弱的肉身。她是性格极内向的孩子，这样一来，她自感更加孤独，独来独往，少与人交流。

也许是感到辜负了我的期望，她没再与我联系，甚至也没拿过习作让我修改。

沉寂快一年，她突然打电话向我报喜："陈老师，《青年文摘》今年第6期红版发表了我的一篇文章……"那作者与她同名同姓的文章我早读过，写得很棒，真正地作者是我四川的一个文友，她常有文章被《读者》、《青年文摘》转载的。

某某同学，叫我如何说你呢？我一时无语。

冷静地想了一会儿，我觉得没必要那么快点破她的小秘密。我对她说："陈老师要恭喜你了，居然把文章发到《青年文摘》去了，一定要把杂志留好，找工作也会用得着。你的起点非常高，处女作居然就上了《青年文摘》。

高起点，要保持高水准啊！”

某某同学说：“那文章是我过年在家里写的，回到学校后乱投乱投，就被《青年文摘》发表了！”

我让她告诉我文章原发在何处，谁人推荐的。她却支吾过去。我告诉她如何索要自己的稿费，她说，稿费就算了，反正没几个钱……

都这到这份上了，她显然是有备而来。我严正地说：“做人不能贪图虚荣，作文也要诚实。四川有我一个文友，与你同名同姓，发表了不少文章，已是一位成名的作家。”

她只反问了一句：“真的？”便不再炫耀，三言两语匆匆挂机。

第二天，我接到有生以来最长的一条短信，是某某同学发来的，言辞恳切，态度诚实，详细说明了自己没有发表文章的苦恼，辜负老师的期望后的失落等等。最后，她说：“这事我从来没对谁说，希望陈老师帮我保住这个秘密，我一定会以此为契机，踏踏实实做人，老老实实作文，以报答陈老师对我的鼓励。”

字里行间无不透露两个字：羞涩。我明白，此生有救了。因为，羞涩已让她自己完成了内心的救赎。

她毕业后不久，从老家给我寄一封信，信中夹了当地的一份晚报，某某同学以《揭开我谎言的良师》为题，在副刊上发表了自己的处女作。是的，在写作上，她真正启程了。只要不停下手中的笔，她上《青年文摘》还会远吗？

谁都有犯错的时候，谁不会偶尔虚荣一下，这时，羞涩就仿佛一盏最美的心灯，照亮前行的路，避开歧路，走上正道。

羞涩是最美的心灵灯盏。在我们的人生路上，挂一盏心灯，点亮一片光，美，便会如影相随，永远存续那份真诚与良善。

宁踏荆棘不翻墙

村口有一个梨园，是老王家的。

在那里长了三棵硕大的梨树，金秋时节，梨挂满枝，个个都是晶莹的诱惑。小孩子是最经不住诱惑的。见着水灵灵的好梨，眼馋得不行，嘴里涎水挂成冬日的冰凌似的，长长地流泻着焦渴与期待。

老王的祖上是从外地迁来的，与陈家的人不同姓，表面上，对陈姓的孩子格外不友好，特别是馋他家梨子的孩子，见着就来火。老王见了想打梨的孩子，老远就骂："短命鬼，不可打我家梨的主意。"骂归骂，总不可能天天守着梨园的。眼瞅着空隙，孩子们就疯也似地跑进园子，抢着打梨子吃。

梨园有一圈不高不低的土墙围着，在园门口，老王码放一堆厚实的荆棘丛，拦着打梨孩子的去路。从园门口进入，是相当困难的，但这个拦不到好吃梨的小家伙们。他们一个个猴子似的，翻墙而入，用石子乱扔几下，梨如雨落，捡拾起来，又翻墙而出，然后躲到一旁，享受起甜汁汁的梨子来。

这群孩子当中，唯有华崽与众不同，他从来不翻墙，而是，一点点艰难地挪移荆棘丛，在刺丛里，放些砖块，瞅准空隙，钻进园子里。其他的伙伴见他如此胆小怕事，纷纷取笑他："胆小鬼！不敢翻墙的胆小鬼！"

华崽唯一的说辞是："有门不走，何必翻墙？"

每次这帮小子们偷梨都毫发无损地满载而归，而华崽却血渍斑斑，留下一道道深浅不一的伤痕。

如果被老王发现了，要逃跑，翻墙最快，而华崽一个人从摆放了荆棘丛的园门口出来，那是瓮中捉鳖。有一次，华崽从园门口出来，见着那个对孩子十分不友好的老王，吓得浑身筛糠似的。老王却一反常态，温和地把他拎起来，让他免遭荆棘刺伤之苦。也没见老王打他，只骂了一声："短命鬼，吃梨，要小心被荆棘刺到啊！”

事后，同伴见了华崽都会学老王的语气笑他：“短命鬼，吃梨，要小心被荆棘刺到啊！”华崽哭笑不得，只抱以嘿嘿一笑。

孩子偷梨，后来，偷出了一个大麻烦。

有一次，一帮孩子见老王来了，纷纷翻墙逃跑，其中一个，从墙头摔下来，把腿给摔断了。为绝后患，老王把三棵梨树给砍了。

后来，我们长大了，关于梨树，关于梨园，只留存于童年的记忆中。

多少年后，偷过梨子的孩子们，接过父辈手中的锄头种田地，抑或，背着一个包远走他乡去打工。只有华崽，他读过小中读中学，念完大学，接着攻读硕士……

2007 年寒冬，他从广州开车回到村里，把自己那辆高级广本轿车停在当年梨园的位置上，此时，他已是规划方面的高级技术人才，同时，也是全县第一个建筑学博士。

这时，老王已很老了，拄着杖来看他，看他的新车，自言自语地说：“华崽，老早就知道你会有出息！古话说得好啊：宁踏荆棘不翻墙。从小你就不一样，现在，出息大了！”

温暖心灵的半块橡皮

高二那年，我创办了学校第一个文学社（新星文学社），一度开启了被自卑蒙蔽心灵，心中透着自信的光亮。从召开社员大会，到聘请指导教师；从组织稿件，到油印分发；从举办写作大赛，到张罗颁奖（总结）大会……事必躬亲，忙得不亦乐乎。

然而，收获了自信的我，跌入了更为深重的泥潭——高二期末考试时，我的总分排在全班倒数第一！在以“跳农门”为主要目的的高中阶段，我的境况是多么糟糕。

高三一开学，班主任把在乡下做民办教师的父亲叫来，当着我的面，对父亲说：“你可以把你的儿子领回去了！省得留在学校拉升学率的后腿。”基于对学校和自己名声的爱护，班主任损人至极，当面让父亲下不来台，也让我感到无地自容。走之前，父亲眼里噙着泪，扔下一句：“儿子，是继续做文学梦，还是想考一个学校，你看着办吧！”

父亲走后，我召开了最后一次社员大会，把担子卸给高二文科班的同学，然后，一个人默默地离开学校，回到家中，心冷若冰。

一个星期后，吴美玲找到我家里，她笑呵呵地说：“社长，你家好难找啊，山重水复的。”吴美玲是我同班同学，也是我们文学社副社长兼社刊《新星》的副主编，她爸妈是江西磷肥厂的干部，一个典型的县城姑娘，说一口好听的普通话。我问她：“你找我有事吗？”她说：“当然，我要你回学校去！你肯定行的，马上要举行第一次摸底考试，如果这次还考得不好，再回家也行啊！”吴美玲左劝右劝，终于把我拉上回县城的最后一班车。

当天晚上，吴美玲在文学社的办公室里，教我填涂答题卡。她说：“摸底考试，和高考一样，要填答题卡的。你不在时我们都学过填涂了，为了你，我特意从老师那里多买了一份。”因为是第一次涂，老不到位。有几格填涂得实在不饱满，我想擦掉重来，却找不到橡皮。这时，吴美玲从自己的文具盒里掏出一块带薄荷香味的橡皮擦，一把掰成两半，自己留一半，递给我一半。

她说：“这半块橡皮就送给你吧，把过去的一切不快，全部擦掉，一切重新开始，还来得及，我们还有一年的时间呢。”

听了这话，我的心颤动着，被一种全新力量鼓动着，似乎看到美好的未来。透过半块橡皮传递过来的温暖，我那颗冰点之心，渐渐复苏。擦掉答题卡上几个自认为填涂不到位的黑点，在吴美玲手把手的教导下，我终于掌握了要领。

第一次模拟考试，吴美玲倒数第一，我倒数第二！全班同学为之哗然，班主任更是急得火烧眉毛，纳闷道：“她原本成绩不错呢，中上游的排名，怎么就掉得这么厉害，给陈志宏垫底呢？”我握着那半块橡皮，泪在眼眶里直打转，是的，在这个极度紧张的高三，只有我明白吴美玲的真意，那是她的一片良苦用心。

我没有理由不再刻苦学习，没有理由辜负她的一片好心。在深夜里，我闻到橡皮的香味，便精神焕发，在迷茫时，握着那半块橡皮，便信心倍增……我看到了吴美玲迷人的笑容，也看到了其他同学惊疑和不屑的目光，但我努力着，朝向一个目标前进：把成绩搞上去。

高三上学期结束前，期末考试与第三次摸底考试合二为一，在这场考试中，我出乎所有人的意料，总分在全班72名同学中，排名第12，政治单科成绩，名列全校第一！吴美玲再次找到我，鼓励我：“我说你一定行的！不会错吧。只要你保持下去，考一个学校，一点问题都没有！”

我是握着吴美玲送给我的那半块橡皮进入1994年高考考场的，尽管发挥不正常，尽管我没有考上理想中的大学，但我毕竟收到了录取通知书，成功地跳出了农门。回首高中三年，我觉得自己最大的收获，是在最冰冷的时候，收到吴美玲那半块温暖心灵的橡皮，那段温暖一生的友情。

十六岁的花季

十六岁那年，我在并不偏远却十分落后的家乡中学读初三。那时候，课程紧张，格外有些繁忙，而且升学竞争激烈，人人都绷紧心弦。我在校园属不上不下那派，老师盯得特别紧，家里的要求也日日升级，因为努力一把可直升县中学读高中，原地踏步无疑会惨败考场。形势咄咄逼人，我却一如既往，该学习时刻苦学习，该唱歌时照唱不误。

我爱唱歌是从小落下的根。在不知唱歌为何物的村小，一位歪嘴的民办教师竟咿咿呀呀教唱流传大江南北的《十五的月亮》。坐在破板凳上的我好奇地跟唱、学唱，一遍又一遍，心里暗暗发誓：长大了要唱许许多多好听的歌。

初三的闲暇并不富有。我总是在一个叫伏马园的山冈上临朝阳晨风，放声歌唱，然后，恋恋不舍地收起歌喉，背外语单词，读古文名篇，记政治时事。一日下来，头重脚轻，眼花耳鸣，窝着一肚子的难受气。在回简陋寝室的坑坑洼洼的路上，我遥望满天繁星，轻轻哼唱，消解有形无形的疲劳。

十六岁的我正梦想有朝一日凭借自己甜润的歌喉叩开中央音乐学院的大门，遨游音乐世界。在田间种地的父亲知道这事，怒不可遏，骂道：“不好好读书，尽想歪主意！你晓得到中央音乐学院要多少线？卖了我这把老骨头也不够！”我愣了好半天，想不出任何办法来。

这个时候，我学会了唱《十六岁的花季》。家住镇上的同学在校园里谈论电视连续剧《十六岁的花季》，沸沸扬扬，同时也得意扬扬。他们也偶尔念唱一两句主题曲。我没法看电视剧，却能一气完整地唱下来。大伙都很惊讶，纷纷投来羡慕的目光。我自由自在地歌唱，体会到自尊和满足。

那一年，镇里的文化中心站暨镇影剧院落成。镇团委牵头在影剧院举办“庆国庆，迎中秋，盼亚运”大型文艺晚会，特邀县轻音乐团配乐、演奏。我第一个在学校报名，演唱《十六岁的花季》。接下来的日子，我过五关斩六将，脱颖而出，成为学校唯一的独唱演员。

晚会彩排是在一个赶集日的下午。台下黑压压一片赶集的四方乡亲，我没料到父亲也在里面。我的曲目因前奏无法处理，返工数次仍不成，县轻音乐团腻烦了，草率了事。这落下一大无法弥补的遗憾。

文艺晚会在国庆节前一天晚上如期进行，镇上各单位和各村委会代表千余人济济一堂，热热闹闹，气氛高涨。轮到我上场，因个小，惹人注目，台下掌声雷动。我心跳急速加快，高度紧张。音乐姗姗响起，不知来自何方，我一时摸不着头脑，傻愣愣地立在舞台黄金分割点上，实在憋不住，脱离伴奏独自唱开了。台下一阵骚动，讥笑和谩骂接踵而来。我移步到舞台中央，紧握话筒，屏住呼吸，捕捉音乐的旋律。歌曲最后，终于和伴奏合拍：

“在这多彩的季节里，
编首歌唱给自己。
寻个梦感受心情，
其实一切都会拥有。
拥抱那朝阳！
让希望飘扬！
哦！十六岁！（白）十六岁！——”

掌声响起来，我深深地一鞠躬，泪盈眼眶，离开舞台，泪水刷刷下落。我的心都碎了。

父亲却对我说：“想不到你的歌还唱得蛮好。”一句鼓励的话却分明流露出父亲深深的自责和愧疚。我一点儿也不埋怨父亲，他为儿子已付出最大的牺牲。

十六岁已离我远去，所幸的是十六岁那年我曾在大庭广众之下真情演唱《十六岁的花季》，虽然那是一次不成功的演出，却让我深深地把它纪念，记住那支悠扬的歌。从此，唱歌乃率性而为，无拘无束，中央音乐学院的梦想渐渐淡去，留下的是踏踏实实地歌唱，扎扎实实地学习。花季的梦想是破灭了，走出梦想的废墟，我迈向成熟，迈向稳健。

歌声悠悠，岁月悠悠，十六岁的花季不在，《十六岁的花季》永留。

被子莫太厚

高中毕业后，我南下求学，启程前，外公要我到他那里去，说是有话对我讲。

来到外公家，年逾古稀的外公正在门口笑脸相迎。他到厨房给我煮了4个鸡蛋，放了冰糖，微甜。外公会理发，看我吃完了，说："来，我给你剃个头，一切从头开始。"洗头的时候，外公没加热水，直接取井水，一头扎进去，冰凉冰凉的。

外公把我送到村口，也没有对我讲什么重要的话。我感到有点失落，正想开口问询，外公说："你去吧！白天走路要小心一点，夜里睡觉被子莫太厚。"话到这份上，我也无从问起，与外公依依惜别。

我怎么也想不通，一句"白天走路要小心一点，夜里睡觉被子莫太厚"到底有多重要，竟值得外公如此隆重地把它说给我听。这话前半句好懂，后半句却有点晦涩，至少我当时是不知所云。因为行程紧，也就没去细问个中内涵。

我上学后不久，外公去世了，那句话的深层意义我就无从追问。

一晃多年过去，经过数番辛苦打拼，我的生活也渐趋小康，正和一朋友热烈地讨论买哪款小车更显气派，到哪儿去旅游更浪漫。然而，每当夜深人静之时，我听到自己的心跳，却怎么也找不回当年打拼时的激情和活力。我在退化，往重里讲，正一步一步走向没落。

我想起与外公最后一次会面的情景，鸡蛋是微甜的，洗头水是冰凉的，他对我说："夜里睡觉，被子莫太厚。"我终于体会到了外公的良苦用心和那句话中最深层的含义。

外公是在用暗语告诫我，生活不能太安逸，不能太贪图享受。我不是吗，生活刚刚达到小富，就一副小资情调，好逸恶劳，连灵魂都快要在安逸中化成水。哲人云，生活应保持适度的贫困。就精神而言，这是非常必要的。

生活不能太安逸，人不能太懒，我外公说了，被子莫太厚。

成功的反面是什么

我与朋友吴志强相识以前一直属于神交，只闻其大名读其妙文而从未曾谋面。那个时候，他常有小篇小章在晚报副刊版占上豆腐块似的一角。他朴实的文风、平易的语言，文章中那生活味极浓的故事，妙趣横生的哲理，使他在南昌写手当中独树一帜，声名鹊起。

仅仅是短短的一二年的时间，吴志强似乎横空出世，一篇篇妙文华章迅速在全国各地报刊铺开，一如他老家门前禾积地上摊晒的稻谷，颗颗粒粒都是金色的收获。

再见到他的时候，我说："你真行！没有你攻不下的堡垒，没有你钻不进的洞。"

吴志强羞涩一笑，说："全国刊物几千种，我还只是占到冰山一角。写文章太辛苦了，又挣不到什么钱，发一篇文章，还不如我卖条牛仔裤呢。"

我说："你做生意只是赢得钱，写文章就不同了，可以让你有成就感，体会到成功的滋味。"

他苦笑一声："成功？你去书店看看，人家大作家书一本一本地出，陆勇强、叶倾城等一些人的文章遍地开花，那才真正地叫成功呢！我算不上，还差一大截。"

在我看来，吴志强的文章无论是数量还是质量，都迈进了成功这一槛。可是，他硬是不承认这一点。有道是：失败是成功之母。他没有成功，难道失败了吗？成功的反面就是失败吗？我越想越糊涂。

我问吴志强："你说成功的反面是什么？"

他和我想的一样，所以，随口说出："失败。"

我又问："你说你没到成功这一步，那你失败了吗？"

吴志强无声地笑了，说："也不能这么讲。"

在这个问题上，我俩人都是山重水复疑无路，犯傻了。

这次聚谈后，吴志强和妻子一道去了广州，一心一意买卖牛仔裤。他走后不久，我应朋友之邀，采访了一位成功的寿险推销商，他叫钟海根，是一家保险公司的部门经理。

钟先生说："我给自己定了一个人生信条：没有失败，只有放弃。"

就这简单的一句，如电光火石一般在我的记忆里烙下深深的印痕，悬在我脑际的谜团，不经意间被吹散了。

钟先生给我讲了他白手起家的经历。在最初的一个月里，他向200多人推销保险，均遭失败，但他没有放弃，而是不畏艰难，不怕辛苦，四处奔走，不厌其烦地跟客户解释。直至月尾，他才接到一张300元的保单，当时他兴奋得彻夜难眠。在此后的推销岁月，他饱受东奔西走之累，遍尝挫折失败之苦，但依然是锲而不舍，永不放弃。在他的人生账簿上，没有失败，只有放弃，放弃了，那就永远追不到成功的脚步。

一个人若要在某一方面有所建树，使自己走向成功，就必须具备一种精神，一种永不言弃、永不放弃的精神。放弃自己的追求，放弃自己的理想，那只有与失败为伍，永远也找不到一条通往成功的坦途。

前不久，我接到吴志强从广州打来的电话。

他说："好想见你！"

我说："我也是——你在那还写吗？"

他说："上个礼拜，生意清淡一些，我又弄出来20多篇。"

我告诉他："没有放弃就行。成功的反面是放弃。"

推荐信在风中飘

也许是在江西卫视打过几年工吧，总有些学生要我推荐去广电系统实习。学生大都来自乡村，让他们大海捞针般在省城找实习单位，可能性几乎为零。靠家里帮忙也不现实，不是每个父母都有那么大能量的。

俗话说，人走茶凉。离开电视台时间越长，越难介绍学生进去，更莫提转正成那里的员工了。早几届的学生，我曾拼尽全力，介绍了几个弟子上平台，现在大都混得比我这个教书匠好。正是有这几个优秀弟子在先，才有源源不断的后继者，才有那封“推荐信”散发着迭迭草般的清香——尽管它只是在风中飘荡的虚无的信，却真切地改变了一位学子的人生际遇。

最初得益于一次和电视台老同事喝酒。席间，朋友无意间说起上海某传播公司进驻南昌，欲整合一家县电台，打造成覆盖全市的时尚娱乐频道。我问他和上海方面的人员有没有接触。他说没有。仅此而已。

事隔不久，娜同学向我打听：“陈老师，能不能帮我找个实习单位，电台、电视台都行。”娜同学是新闻专业大三学生，专业成绩和能力都很不错，普通话也过了一级乙等，相当不错啦。我很看好她，第一时间想到跳槽到某大型国企电视台上班的前同事王记者。企业台的要求应该不会很高的，依她的能力，锻炼一段时间，胜任工作应该没什么问题。我和王记者打过电话，让娜同学直接去找他。

再过一段时间，娜同学对我说：“陈老师，那家企业电视台，只招工不要实习生，他们条件是本科，我连报名的资格都没有！唉——”爱莫能助。一时无语。

突然想起那家电台来。我对她说：“上海一家文化传播公司来南昌整合一家电台，正在招播音员呢。他们公司在省城最高档的写字楼××广场办公。你去试试吧，祝你好运。”

可能是依赖惯了，她说：“老师，你和他们熟悉吧，帮我打个电话，好吗?”问题是我对他们一点儿也不熟啊。面对无助的她，我撒了个谎，说：“这回你不是去实习，而是去上班，打个电话显得分量太轻了，我要替你写封推荐信。你先按照他们的要求去投简历吧。”话一出口，心有点虚，脸隐隐的有些烫，从来不善撒谎，更何况面对自己的学生。

结局我能预料到，那边不招大专生，只要本科。果不其然，第二天，娜同学给我打来电话说：“老师，我在网上查到了那家电台招人的信息，上海那边也是要求本科学历，网上投过去的简历被打回来了。怎么办呀……”心想，还能怎么办？凉拌。话出口仍是安慰和鼓励：“你到他们公司去，当面投送简历。你就说是陈老师介绍来的，和他们唐总打过招呼。”还好，那次吃饭我记住了上海方面的老总姓唐，要不然，这个谎还不知道怎么去圆呢。

也不知道娜同学是到底怎么搞定人家的，她再打电话来时，已在排队等候面试呢。她说：“陈老师，我正在等候面试，好紧张啊。你帮我再跟唐总打个电话吧！”我说：“你不要紧张，依你的能力，好好表现，一定能通过面试的。再说我那封推荐信还是起作用的，对不?”她笑了，笑声里都能闻到一丝紧张。

她能这到这一步，我就不担心了。当时，最担心的是她简历被拒收，那样就没有一点希望。依她的能力水平，就算在本科生堆里，也定能脱颖而出。

之后不久，偶翻本城都市报，看到上海那家传播公司发的整版广告，隆重推出六名主持人，娜同学的玉照也在其中。她的介绍词是——深厚的新闻专业背景，其他个个都主打“本科毕业”。她凭借能力制胜！

一晃这事过去了好几年，如今，娜同学已是这家电台骨干播音员。一次约她回母校给师弟师妹讲课，她说起自己的故事，提及我的那封“推荐信”。我才知道这出戏的“幕后花絮”。她说：“后来，从我们总监那里才知道，老师压根没有写那样一封推荐信。可正是这封信，给了我无畏的勇气，改变了我的人生方向……今天，我想告诉师弟师妹的是，咱们一定要有无畏的精神，执著的勇气。给我一个方向，前面不管是珠穆朗玛峰，还是马里亚纳海沟，都要勇敢地穿越。只要我们坚定地朝前走，一定会领略到沿途之最美的风景，收获旅程终点的宜人景致。”

坐在教室后面，我带头为她鼓掌，为她的初生牛犊不怕虎的勇气，为她的成功！

人生多少路，关键就几步。关键时刻，就像那封“飘在风中的推荐信”一样，虽不存在，但那种暗示所蕴涵的力量，会鼓自信的风帆，护送我们顺利地抵达成功的彼岸。情绪低迷的时候，身陷绝境之中，渴盼成功之人，不妨给自己写这么一封“推荐信”，它会带给我们实实在在的力量，收获意外惊喜，受益无穷。

90℃的人生信条

高中毕业后，她因为没考上大学，过早被生活卷入社会大潮。困惑席卷而来，迷惘的她，情绪一度跌落到低谷。1992 年春天，她带着跑推销挣来的 700 元钱，踏上了杭州开往上海的列车，去参加上海戏剧学院的考试。

梦想和现实的距离，在报名处，她就深切地体会到了。

那天，她穿一件白色 T 恤，外面套一件马甲，一条泛白的牛仔裤，脚上蹬着一双 10 块钱的白色舞鞋。因为情绪不佳，总觉得自己这儿不好，那儿也不好，再正常不过的衣服，在自己眼里，却是那么不好看。填报名表的时候，她哆嗦着，握笔的手不停地颤抖。

面试时，老师出题，让她谈自己的成长经历。下意识地，她有了倾诉的愿望，话匣一开，就滔滔不绝："高中毕业后，我找不到什么事做，就在外面搞推销，日子很辛苦……"良久，面试老师语重心长地说了一句："孩子，你对生活太没有热情了。"

无疑，她落榜了。走到上戏大门外，同伴建议，我们再去北京电影学院碰碰运气吧？他们一行七人，接着北上，奔电影学院而去。

北京电影学院的考试比上戏更严格，有多场面试。在舞蹈考场上，考官一声令下，所有考生都要在空旷的大教室里按要求学蛤蟆跳，一边跳一边嘴里还要发出"呱呱"的叫声……看着欢闹的同伴，而她一点激情也没有，索性当起寂寞的看客来。她不明白这样的表演有什么意义，与考试有什么关系。

走出考场，她突然感到很沮丧，止不住地想回家，想见妈妈，听听她的声音，于是含泪给家里打了电话。妈妈听完她苦闷的述说后，妈妈迟疑了半晌，突然很干脆地说："我的好女儿呀，我要告诉你，每个人都会有心情低落的时候，这种情绪注定会伴随我们一生的。除了用一生来面对它、克服它，你别无选择!”

一语惊醒梦中人。妈妈那句你“别无选择”，铿锵如雷，她明白了，很多事，踏进来了，就别无选择了！既然别无选择了，为什么要退缩，为什么不积极一点，振作一点呢？下午再进考场时，她满面春风，如同换了一个人似的，从容面对考官，变得热切起来、人也表现得睿智多了。

1992年9月，她走进北京电影学院，成了表演系的一名新生，她的名字，叫袁立。从那时起，就有身边的朋友说她永远像“90℃的水”：热情、自信，随时准备沸腾。

支撑袁立“90℃的水”的卓越表现，正是90℃人生信条。

人生就是一锅水，而燃沸这水的薪柴，就是人们苦苦追寻的90℃人生信条，它有时，是亲人的一句话，有时，是人生拐弯处的一次失败，有时，是一种踏破铁鞋而不得的辛苦遭逢。90℃的人生信条，是人生际遇里不可或缺的，是汇聚迷茫、困惑、苦痛、烦闷等低迷情绪的海洋里，泛起的亮闪闪的人生蓝藻。

穿透夜空的手电光

她从小就向往在沙漠旅行，茫茫戈壁，漫漫黄沙，成了她梦想的天堂。大三的那个暑假，她与同班的两个男孩一起踏上西去的列车，雀跃上路。

在敦煌，她很讨厌旅行手册上提醒的注意事项，那过于拘泥、刻板，束缚她投入沙漠的天才设想。两个男孩理性一直占上风，一再劝说她，为安全起见，还是照通常的方式为好。

这天黄昏，她趁男孩们出去买东西，向旅馆借来一把六节电池的手电筒，怀揣一柄尖刀，头裹一块围巾，毅然向沙漠走去。她沿着一条潺潺的小溪向腹地挺进，边走边唱，欢快至极。

夜幕降临，天色由深红变成绛红，继而深蓝、墨蓝，星子布满天空闪闪烁烁，像童话里的公主。四周漆黑一片，伸手不见五指，更可恶的是，天凉如水，沙冷如霜，她的衣裳不足以御寒，牙齿不住地发颤。她用尖刀从四周挖来一堆锋利且坚硬的一种沙漠中独有的蕨类植物，用围巾引火，燃起一小堆火取暖。她一边烤火，一边领略沙漠的静谧，欣赏星空的热闹，悠悠心醉，浑然不觉身外的恐怖。

两个男同学循光找到她，见她一副优游的样子，异常恼怒。

一个说："你不怕渴死?"

一个说："你不怕冻死?"

一个又说："你不怕凶狠的豺狼?"

一个又说："你不怕沙漠平移?"

她无畏地说："我不怕，我有手电。"

两个男孩这才发现一柱手电光穿透夜空，直刺向茫茫无边的黑暗。他们搞不懂，手电筒与危险究竟有什么关系，手电筒能抵住身边的危险？两个男孩被她这幼稚的想法逗乐了，忘记刚来时的恼怒。

毕业后，她走进陌生的单位门，事事不顺手，天天不顺意，情绪低落下去，意志消沉下去，整个地换了一个人，像霜打的茄子。父母干着急，拿不出对策来，亲友煞费苦心，也毫无办法。事情传到那两个男孩那里，他们深表同情，同时各自用独特的方式安慰她。

不久，她收到两封挂号信，拆开一看，都没有署名。一个寄自纽约，只有一句话：我不怕，我有手电。另一个寄自海口，只有一幅画：漆黑的夜空，一束手电光刺向高远。她愣了好半天，深深为同学的真情，为自己少年的张狂而感动，蓦地，一束强光照亮她阴湿的心空，强烈地震撼她的心灵。

她开始振作起来，直面无情的挫折，直面惨淡的人生，勇敢地淌过岁月的险滩，迎着焦风苦雨前行。

柳上寻春

开学后，一见到他，一个不是与我们一同从高二升上来的戴着一副深度近视镜的男孩，便知道又来了一个插班回炉的。他一脸苦笑，对我说："唉，人家是高四生，我是高八生，我已参加了五次高考了！"本想安慰他几句，见他笑容如水纹一般在脸上漾开了，我便紧急改口，祝福他："希望明年金榜题名！"至少他不颓废，还能够自我解嘲。

上课的时候，"高八生"老是心不在焉，喜欢和别人"笔聊"，把自己的话写在草稿本上，然后，偷偷递给旁边同学。有次上数学课，他递给我的是："下午下了课，咱们去佛岭水库玩好不好？"我没理会他，不落一笔，把他的草稿本给递回去了！不料，三分钟不到，他又把那本子给塞了过来，这一回是一个人头素描，下面留了一行工整的楷体字：像不像你啊？接过他的钢笔速写画，我大吃了一惊，心生佩服，信手写了几个字回他："小子，你有绘画天赋哩，字又写得漂亮，不当书画家，实在可惜了！"

"高八生"的数学成绩实在是糟糕透顶，每次上数学课，他的手就特别活跃。他为自己的数学画了一张素描，下面的配文是：代数代不出得数，函数永远含糊，立体几何不立体，解析几何解不清（我们的数学课上有立体几何和解析几何两门分支）！我看得直发笑，不得不佩服他画功了不得，创意更难得。

他一直这么耗着光阴，连他自己也清楚，明年高考肯定外甥打灯笼——照舅（旧），以失败告终。直到那次春游，"高八生"才找到自己的方向。

班主任为了缓和高三的紧张气氛，带领我们全班同学到佛岭水库周围群山春游。其中有一个项目，就是二人一组，沿水库绕一圈。班主任特意强调了一个诀窍：一路上，要盯着柳树。万一迷失方向，它能带你走出山路。"有水的地方就有春柳，顺着春柳往下走，就是佛岭水库。在水库边上看来时路，就一目了然。”老师这么说着，突然，话中套话，影射到学习上来，“其实，在学习上也要寻找自己的‘春柳’——那就是适合自己的学习方法，方法对，成绩才会有提高，考试才能有胜算。比如有艺术天赋的同学，数学成绩又不好，可选择报考艺术类，在这棵柳树上就能寻找到属于自己的春天!”春游的兴奋经过这么一点拔，更如添过薪的旺火，火苗腾地蹿得老高。

回到学校，我们都在寻找自己的“春柳”，以期获得属于自己的学习上的春天。是啊，学习，更重要的是一种方法，这是班主任老师给正处在迷茫紧张之中的我们指引的一条通向大学的路，一个能看见成功曙光的方向。

变化最快的是“高八生”，他一夜之间消失了。再见到他，是在考前一个月——原来，他到省城某美术培训班参加高考美术强化训练去了，并成功地拿到几所大学专业合格证书!

又一个秋天来临，我和“高八生”在省城相遇了，他笑得格外甜，因为他以380分的文化成绩被师大艺术系录取。他的分数不含数学，但就算数学得满分，合计480分，离最低录取控制线还差一大截呢。但他凭借自己的优势，走进了自己的春天!

事隔12年，当我再次想起“柳上寻春”，想起那个笑到最后的“高八生”，心里不由得蹦出一条理儿来：春天在柳上寻，成功在方向里藏啊!

一墙的自信

那是一面石灰粉饰的砖墙，早已被贴得花花绿绿，泛黄的石灰已难觅踪迹了。层层叠叠，尽是既黄又脆的纸，纸上画满了四时的风物，或鲜亮，或暗淡，或稚嫩，或成熟，内容不一，画风一韵。当我推开门，看到这满墙壮观的画作，心里着实大吃一惊，暗自猜忖：在这个城中村的极不起眼的民居里，是谁贴上去如许画品呢？

我的心情和生活已够麻乱的了，懒得理会一墙乱七八糟的画作。曾经，我住在报社附近一高档住宅小区内，尽管也是租的房子，但生活是体面的。离办公室也只是一街之隔，方便极了。网络兴起，对报纸冲击太大，日渐显露败落之相的报社，将我们这批聘用记者率先给辞退了。

之后，我告别自己的新闻生涯，在大公司干过文秘，在广告公司做过方案，甚至在洗车行为有钱的私家车主清洗汽车。最近一次，我被鲜花店炒了鱿鱼——漂亮的花店女老板嫌我搬运不麻利没力气，不得已，只好换房子，把家搬到这个城中村的小屋来。

我觉得自己成了百无一用的文弱书生，而仅仅半年前，还是一个风风光光的记者呢。

在这个满墙贴了画的小屋子里住了一个月，我应聘了十几次，同时，也失败了十几回，自信，就在我这屡败屡应，屡应屡败的过程中，一点点地丢没了。我甚至觉得没有生存下去的勇气，或必要。

关上门，我打开那个带 MP3 功能的当年采访用的录音笔，戴上耳机，闭目聆听《神秘园》，绝望从旋律中，悠悠地爬上心头。

睁眼时，情绪已跌落至低谷，看满墙五颜六色的画，好像无声的黑白影片。头一回，凑近看，我看见一幅画的右下角印着“冷凉”二字。也许这是一个姓冷的画家亲笔签名吧。仔细观察，每一幅在同样位置，都有红色小篆体的落款。

我发现，画作由上而下，由内而外，遵循着一个规律，那就是由不好看变好看，由滞涩而灵动。一墙的画，似乎记录了这个名叫冷凉的人的艺术之路。我为自己的这个小发现而惊奇不已，心情稍稍有些好转，于是，取下耳机，按动电视遥控器，收看本城最火的谈话节目《今夜我有话说》。

在电视里，我看到那个冷凉。

冷先生已是本城著名的画家，正满面春风地与主持人谈话。回忆往昔，冷先生最难忘那“一墙的自信”。他对着电视镜头说：“我在画画之初，一点自信都没有。生活也很艰难，甚至想过走绝路。后来想到小学时的一篇课文，爱因斯坦做泥凳，被老师讥笑为世上最丑陋的凳子。而小爱因斯坦却勇敢地站起来争辩，说那不是最丑陋的泥凳，最丑的在这儿！说罢自己拿出之前做的更差的那一个。”

他感叹说：“是啊，对比会让自己感到进步，在进步中就能找回失去的自信。”

记者问：“后来，你就找到一墙的自信？”

冷凉说：“是的。我在自己租住的房子玩命地画画，画完后也不拿去发表，而是贴在墙上，如果一张比一张画得好，自信就一天比一天多，最后我把墙上都贴满了，就收获了一墙的自信了。”

看到这儿，我惊呆，自己住的这间小屋，原来是“名人故居”呢。一墙的自信给了我启示，让我找到开启自信之门的钥匙。

也就是从那天开始，我凭借自己一点点笔功，倾心投入写作，一天两三篇三五篇，写完也不乱投稿，而是，贴在墙上，感觉一篇比一篇棒，自信就一次比一次更多了。沉寂半年，墙上贴满了我的涂鸦之作，自信自己能够被接纳，便开始大胆地投稿。我的文章开始陆续地发表在各地的报刊上，生活从此有了质的改变！

一条道走到亮

前不久，吴小亮给我打电话："这几天，我在文联展览馆搞画展，有空来指导指导嘛！"近二十年没有这小子的消息，突然从地底下冒出来，带给我的竟是如此惊奇与震撼。

如江老师当年所言，吴小亮，他真的成画家了。

1988 年，吴小亮和我一个班。在这所乡村中学，学生普遍存在厌学情绪，用我们校长的话来说我们的"学习成绩差得打跌"。江老师从来不这么指责，甚至连一点质疑都没有。农村娃胆小，见老师就像老鼠见了猫，唯有江老师例外，我们都满怀期待等着上他的课，见到他也会上前去，开开心心地唤一声："江老师好——"特别是吴小亮，老爱往江老师宿舍跑，问东问西，一点都不拘束。

江老师只教我们的副课，音乐和美术，每周各一节。第一堂音乐课，江老师把五音不全的我夸奖成"未来的大歌唱家"，为此，我迷上唱歌，以致现在去 K 歌，朋友都会为我由衷地喝彩。第一堂美术课，江老师许给吴小亮一个美好的未来："今后，你是一个大画家！"

那次，课堂作业是用铅笔画小人，我们都是在一个圆圈正中画一个黑点，以示人眼，唯有吴小亮在圆圈偏右点黑点。江老师说："吴小亮画小人有情趣，有感情，栩栩如生，一个活泼可爱的小人跃然纸上。"

此后，吴小亮画得可欢了，上什么课都没心思听，偷偷摸摸地画小人、小虫、小花和小草什么的，越画越像样，越画越神，越画成绩越差。初中毕业，我到县二中上高中，吴小亮中考落榜，二人从此失去联系。那时，父母能把孩子供到读初中已相当不错了，初中读完，大都回家种田去了。偶尔想起吴小亮来，便寻思他或许在田间地头，用树枝在大地上作画吧，或许到广东打工挣钱娶上媳妇了……偏偏没想到，他真的成了画家，居然在省城办起画展来。要知道，出身农家要成为艺术家，岂止比登天还难啊！

进入吴小亮画展，第一幅油画意味深长。

那是春末夏初的南方农村，南边乌云滚滚，压得天底北边一线天光，照亮纵横阡陌，一个小男孩儿赶着一头水牛由南往北走，牛蹄迈得高，小男孩儿脚也十分急切。人和牛，迎着亮光急急地赶路。这幅颇具自传色彩的油画，吴小亮给它取了一个好听的名字：一条道走到亮。

我问："你怎么会取这么一个名字？俗话只说：'一条道走到黑'啊！"

吴小亮说："俗话里说的是从光明的路上走到黑暗路，而我是从暗无亮光的路上走到亮处啊！你知道，学美术对我们来自农村的人来说，是多么难啊。"

原来，中考落榜，吴小亮求着父母，再复读一年。他知道如果不读书，便永远也画不了画了。第二年，他考上县一中，与我不同校。高中三年，他仍不停地画，素描、水粉、国画、油画……越画路子越宽，越画越有韵味。只是学习成绩差强人意，甚至数学回回考试只有区区三四十分。

然而，他高考选艺术类，不用考数学，总分350分居然轻松过线，专业面试合格，考入师专美术系。系主任看过他的画，礼节性地说："吴小亮，你的画画得不错，大有出息。"虽然明白这是鼓励，他却格外地放在心上，仿佛出息之日就是明天。毕业后，吴小亮分在乡下中学教书，画画成了他的全部，是他活着的意义所在。他攒够钱，就去美术学院进修。

吴小亮从浙江学成回来之后，"吴老师"之称便渐渐被"吴画家"所取代。一个农民在暗处摸索着前行，走了很多年，终于沐浴着人生的亮光，抬头挺胸，成了一名梦寐以求的画家。

其实，人生路，处处有光明。黑暗都只是暂时的，只要你在路上，只要还在走，不停歇，总会走到亮处的。

第二辑

亲情似水

墙上的母爱 / 寸草盈心

妈妈的心就这么高 / 预知的苦难

撒诉的女人 / 最珍贵的是活着 / 娘心

母亲的心 / 母亲送鸽

永远在你身边

……

墙上的母爱

跳槽到报社做记者以后，我又新租了一间房子。当房东打开房门的时候，满墙的涂鸦之作以逼人的气势侵略性地进入我的视野。

我惊问："这墙怎么涂得这么吓人?"

房东说："我也没办法。这样吧，你找几个民工用石灰浆涂抹一下，我免你一个月的房租。"

这是一个很划算的买卖，我立刻点头答应。

大概一个星期后，我叫来两个民工刷墙。还没开工，一个女人把民工师傅拦住，双手坚定地比划着，嘴里咿咿呀呀地叫。她是个哑巴。

我跟她解释："这房子是我租的，墙上太脏了，刷干净点好看一些。"

女人横在那里，毫不退缩。

我没有办法，只好叫房东来解围。

房东说："小陈，她以前就租住在这儿，这些东西是她画的。她肯定是舍不得把这些乱七八糟的东西刷掉。她很蛮横，你还是让着她吧。"

我让民工师傅先回去，把女人留下来，和她笔谈。渐渐地，我明白了女人凄苦的身世，以及她对女儿深深地思念。

女人怀孕的时候，丈夫在一场车祸中丧生。多少亲戚朋友劝她流产，再寻别的男人，她怎么也听不进，固执地要把孩子生下来。

就在女人临产前夕，丈夫单位要收回房子，将她扫地出门。她强忍着，租下了这间小房子。不久以后，她在这间出租屋里生下了一个女孩儿。

女人没有生活来源就沿街捡破烂，靠那点可怜的收入养家糊口，女人倾注了全部心血在女儿身上，教她识字看画，教她唱歌跳舞。小女儿变得天真活泼，人见人爱。

女儿三岁那年，女人生了一场大病。医好之后，她成了哑巴，与人交流只有通过纸和笔了。为了女儿的前程，女人把她送给别人，自己一个人过孤独的日子。

女人隔三差五就去女儿幼儿园。女儿学了“a、o、e”之类的拼音，回来就在墙上写上“a、o、e”等，女儿学了一首儿歌，她回来之后，就在墙上写下儿歌的名字。没过几年，四面墙被涂抹得满满当当。

刚开始，房东叫她不要在墙上乱画，但听到她咿咿呀呀的叫唤之中透着凄苦的苍凉，便由着性子让她去。突然有一天，女人边抹眼泪边进屋，关上门后，整整哭了一宿。

从此以后，再也没有在墙上写下一个字。房东猜想，她女儿可能是随养父母迁走了，也可能是女儿不认她这个哑巴母亲。

在我租这间屋之前，女人在这整整租住了15年。

听到女人的这个故事，我的心莫名地有些感伤，那浓浓的人间温情触到我心灵最深处，久久让我感动。我对女人说：“这墙我不会涂的，你什么时候想看它，就来看它好了。”

女人走后，我从采访包里取出照相机，把墙上那密密麻麻的字全拍了下来，准备把照片作为礼物送给她。我觉得作为母亲，她确实不容易。

第二天，我接到异地任务，离开了这座城市。一个星期后，我结束采访，回到租住屋里，不禁大吃一惊，字墙没了，取而代之的是光洁照人的瓷面！房东告诉我，我走后，一个娇艳的女子叫人把字墙给弄掉了。望着四面白墙，我突然感到空落落的，像是丢失了一件心爱的宝贝。

现在，我唯一能做好的就是把字墙的照片冲洗好，这成了我的一种神圣的使命。照片洗好了，我等待哑女的出现。可惜，很长时间过去了，她一直都没有踪影。

不知她到哪儿去了。

寸草盈心

前些年，女人的丈夫为了贩卖所谓的古董，四处举借，注入巨资，到头来却血本无归。之后，男人不声不响地抛妇弃雏，远走高飞，偶尔从不知何处的外地打电话回村，也没有回家的意思，但不忘叮嘱女人：“好好带咱两个儿子……”女人骂道：“你还有脸说这个？你没命回来？”说完，泪流满面，失声痛哭。

女人在村里拉扯两个年幼的儿子，过着有一顿没一顿的苦焦日子。每当想起那个远在他乡，无志无能无出息无责任心的男人，她欲哭无泪，欲罢不能。女人想过携儿子一同命赴黄泉，看着小儿清澈的眼眸，听着小儿清脆的叫唤，便二话没说自绝了那份心。天下母子一条心，谁忍心亲手扼杀自己儿女的命？

女人身单力薄，一把汗一把泪地耕种几亩薄田，却糊不住一家三口。她拼命地为砖窑挑砖坯，为造屋的人家做小工，流尽女人的汗和泪，吃尽人间的苦和累。为了孩子，她毫无怨言，有泪只往肚里吞。

每每拖着疲惫不堪的身子回到家中，两个儿子抢着去灶间烧火，去井里压水，极可爱、乖巧。他们过早地懂了世事，明白为劳累的妈妈分忧。女人摸摸这个儿子的头，抚抚那个儿子的背，舒心的笑在脸上渐渐洇开来，像一朵荷塘的睡莲。

砖窑歇工和没人造屋的时候，女人便领着两个儿子穿街走巷，四处捡破烂。她推着一辆快散架的破自行车，后座上挂着两个大而脏的麻袋，眼睛像高灵敏的扫描仪扫视角角落落稍微有一点用处的垃圾。她的儿子跟前跟后，也练出一副职业化的眼神，对满地的垃圾有强烈的与之过招的冲动。几天下来，麻袋里便装满了被人废弃的破铜烂锡，旧鞋废碗，林林总总，不一而足。

这天，女人在集口翻垃圾，一转身，发现儿子正蹲在一滩水前，拔弄着什么。她走过去一看，儿子正在援救一只落水的蚂蚁。

大儿子说："把蚂蚁捞起来吧。"

小儿子说："够不着啊！"

女人将一片草叶飘在蚂蚁身旁，蚂蚁爬上叶子，兴奋地爬来爬去，草叶像一叶爱心舟，将蚂蚁载向幸福、安全的陆地。两个儿子高兴地蹦呀跳呀，为蚂蚁的幸运抚掌而笑。寸草盈心，蚂蚁在爱心的呵护下，逃离了灾难。

多少年后，女人的丈夫携一个珠光宝气的女人回到村庄。他要从女人手里夺走一个儿子，然后，与女人离婚。

女人平静地说："哪个儿子跟你，你就带哪个走！"

两个儿子躲在女人的背后，惊恐地看着那个叫"爸爸"的男人，浑身战栗。他俩在爱心中长大，岂能跟着有钱无爱的"爸爸"一起生活？谁言寸草心，报得三春晖。女人像一片寸草，承载着两个从小在爱河里落水的儿子，她要将他们载向幸福、安全的彼岸。

妈妈的心就这么高

晚上，我坐在电视机前，收看关于“非典”疫情的播报，那一个个数字，让人触目惊心！尽管我们这儿风平浪静，没发现一例“非典”患者，但我还是挺怕的，心里有一种说不出的惊惧。这个时候，肖医生给我打来电话，她问我：“明天的采访，你怎么安排？”肖医生是澳大利亚弗雷德·霍洛基金会白内障复明工程中国项目部的经理。按照一个星期前的安排，明天我将随同她到乡下跟踪采访。

我顿了一下，说：“还是去吧！‘非典’不会影响我们的进程！”

肖医生说：“我等得就是你这句话。”

放下电话，母亲用异样的目光看着我。她说：“外面“非典”乱，还是不要去吧！”

我反驳道：“这个不去做，那个不去做，吃饭靠什么？”

母亲一脸平静，淡淡地回答：“好的吃不上，咱吃差点。”

我讥笑她：“你的心呀，就这么高？”

第二天，我随肖医生来到高安县农村，寻找白内障患者。在这之前，项目部在眼科普查中，已发现很多白内障患者，然而，真正到中澳复明工程定点医院做手术的并不多。需要说明的是，定点医院一例手术的费用不及正常收费的五分之一，才500元。他们这次深入村寨，就是来动员患者去做手术。

来到一个临山倚水的小山村，肖医生找到一对患白内障的母子俩。母亲近80岁，双眼只有一点光感，几乎全瞎，儿子50多岁，左眼视力不及1.0，右眼失明。肖医生和他们交流，县医院的医生在中间做翻译。

肖医生问：“我们查出了你们得了白内障，为什么不去医院做手术？”

那个母亲说：“没钱啊！”

肖医生说："一个人才500块钱，不贵呀？"

那个儿子回答："没那么多钱。"

走进母子俩住的屋子，又黑又脏，农具家什摆得乱七八糟，简直不敢相信这里还能住人。确信这是一家特困户，肖医生决定给这位年迈的母亲免费治疗。她说："老人家，我们给你免费做手术，还给你出50块钱路费，你去么？"

这位母亲摇摇头，坚决地说："不去！"

肖医生第一次碰到拒绝免费手术的患者，惊讶地问："为什么不去呢？"

这位母亲说："还是让我儿子去吧！我这么大年纪看不见不要紧，只要儿子能看得清东西，就心满意足了！"

她儿子说："妈，你还是去吧！"

母亲说："我的心只有这么高，我不去！"

肖医生被这个老母亲感动了，在签免手术单的时候，把母子俩的名字一起写上去了。

在回程的路上，肖医生讲起了国外白内障患者的事来，她说："国外的患者，一旦看东西有点模糊，还没等白内障成熟，就闹着要做手术。他们要享受生活，可中国的患者，总怕花钱，老替儿女着想，就像刚才那位老太太，心只有那么高，对生活也没有太多的想法。"

蓦地，我想起反驳母亲的那句话："你的心呀，就这么高。"的确，天地间，妈妈的心就这么高，不图荣华富贵，只求粗茶淡饭，甚至不羡光明，安于黑暗，对生活的追求之心降至最低点，企图把世界的痛苦都收进自己的口袋，让剩下的全部快乐都围绕在儿女身边。

预知的苦难

落第一场雪的时候，女人突然直不起腰来，腰上针刺一样麻痛，那感觉尖锐而深重。女人想，是累了吧，歇一歇明天就好了。

女人的丈夫去世得早，家中的所有担子全落在她的肩上。女人心疼自己的儿子，怕后爸亏待他，让他从小就受委屈，固执地一个人度日。尽管这样，儿子还是受了不少委屈，比如，小伙伴骂他："没爹的……"儿子受了委屈就流着泪往母亲怀里钻，女人搂紧儿子，默默地陪泪。

回想起这些往事，女人就会下意识地骂一句："该死的家伙，只管一个人走得自在，这么狠心，撇下我娘俩不理不睬了。"

第二天，女人的腰痛不但没有好，反而更重了，已然下不了床。她头一回没安排儿子的早餐，塞了10块钱，让他自己到街上去买。儿子背着书包出门的那一刻，女人感到巨大的恐慌：我都成这样了，儿子怎么办？

女人强挺着去了医院，看了西医又转中医。医生说："别怕，定能治好的。你也别太挂念儿子，精神要开朗一点。"女人放心了，每天笑着去医院做针灸，笑着熬中药汤，腰疾慢慢恢复过来了。

最后一次去中医院做治疗，主治医师说："注意休息，过段时间就全好了。要记住，千万别干重活，腰部若有闪失，再想好，那就非常困难了。"女人点点头，句句牢记在心。

回来的路上，城市被暴雪装扮得像一个美丽的童话世界。女人赶到家里，没见到儿子的身影。她急急忙忙奔向儿子的学校，全然不顾漫天的风雪。

她的儿子独自坐在教室外的走廊上，见妈妈来了，哭出了声来。

他说："妈妈，我的腿一点力气都没有了，一步路都走不成。"

女人抱紧儿子，用手揉捏着儿子的双脚。她六神无主，自言自语道："怎么会这样？怎么会这样……”

女人一把背起儿子，深一脚浅一脚地背下楼。儿子确实长大了，身子结实，沉沉的像一座小山一样落在母亲的背上。儿子说：“妈，你不能背我，你的腰痛还没好呢？”女人笑了，轻轻地抹干儿子脸上的泪水，说：“不碍事，妈的病啊，全好了。”

女人把儿子放到出租车上的时候，感觉自己的腰像被大雪压弯的树枝一样。那种让她感到恐慌的痛楚再次袭击她脆弱的腰。

儿子的这场怪病急煞了女人，她四处打听能治这病的奇药良方，一有消息，就背起儿子赶去就诊。开始的时候，她还能忍着腰疼，到后来，只有咬紧牙关强挺过去。

这个冬天，女人背着儿子走了很多地方，看了很多医生，终于在一老中医手上觅得良方。她天天为儿子熬药，照应他服下，然后又用残汁为儿子泡脚。儿子的脚渐渐长劲了，女人绷紧的脸上也逐渐舒展开来，笑得阳光一般灿烂。然而，她的腰却一直酸疼得厉害，特别是阴冷天气，简直无法挺直而立。

忍一时痒易，忍一世痛难。女人这一生，腰痛将伴她终老。这一苦难是能够预知的，可她明知山有虎偏向虎山行。女人坦然地走进了这一预知的苦难，为的是自己生病的儿子。

有一种苦难是以爱的名义刻在苍凉的人生之路上的，它与预知不预知无关，只和人间真情相联系。

撤诉的女人

这是我从一个律师朋友那儿听来的故事。

一个女人与丈夫共苦多年，一朝变富，丈夫便不想与她同甘了。他坚决提出离婚，并且带走他们唯一的儿子。女人快40岁了，是个不容易再婚的年纪，当然不答应，想方设法修复已经破碎的婚姻。她失败了，和丈夫离了婚。

为了要回孩子的扶养权，女人决定与前夫打一场夺子官司。准备材料起诉，是她唯一的选择，让儿子跟自己，是她唯一的渴望。女人请了我的朋友去做辩护律师，抛出自己的底线：只要儿子判给自己，其他什么都可以不要。

女人在朋友的指导下，做好了充分的应诉准备，有九成的把握能赢。

开庭那天，她丈夫提出女人的身体状况差，不宜带小孩，并拿出了她以前的住院病历作证。女人当庭出示了开庭前一天由某大医院核发的体检结果，轻松驳倒了丈夫。丈夫提出女人欠巨额外债，没有经济能力抚养儿子。女人出示了丈夫转移财产，转嫁债务的商务函件，又一次驳回了丈夫无理的指控。

激烈的唇枪舌战，拉锯式的辩论，女人一直占上风。丈夫见势不妙，使出最后的杀手锏：女人是全职太太，待在家里很苦闷，经常打骂孩子，对他心灵造成巨大伤害。儿子不愿和她生活，只想跟我在一起。

审判长传唤他们的儿子出庭作证，法警正要向证人室请她儿子出庭的时候，女人的脸由红变白，又由白变紫，忽然，霍地站起来，大声宣布："审判长、审判员，我——撤诉！"

女人掩面大哭，跑出了法庭，留下惊愕的丈夫愣愣地坐在那里，显然，他被前妻的莫名其妙的举动弄傻了。为她辩护的我的朋友也惊呆了，不明白她究竟中了什么邪。

事后，我的朋友找到女人询问："你真的一直在虐待你的儿子吗？"女人无力地摇摇头：“我爱我的孩子，怎么可能虐待他?”

朋友惊诧了：“那你怎么不反驳你前夫，从法律层面上讲，轻而易举就能驳倒他。你为什么要放弃?”

女人说：“我孩子胆小，一旦出庭作伪证，必将留下巨大的心灵伤疤。我怎么忍心……”她以泪代语。所有的说辞，在女人那母性的哭泣中都显得那么苍白，那么虚伪。

朋友感到深深地震撼，当我听完朋友的讲述之后，我同样感到无比的震撼。天下只有母亲才会做出如此自残自伤的选择，只有母亲才会不顾一切地去护佑自己的孩子。

最珍贵的是活着

毕业那年，他的母亲查出乳腺癌，如果不及时做手术治疗，拖至晚期，只有扳着手指过有限的几天日子。

八岁那年，父亲因一场车祸夺去生命之后，母亲就是他的天和地，与母亲相依为命，活着才有踏实感，才有安全感。而今母亲却因为疾病，让他感到地覆天翻。

他四年的大学费用，已将家里洗劫一空，刚找到一份工作，底薪才800元，如何凑齐母亲那高昂的手术费呢？借，已是无门无路了。亲戚朋友们的欠账都还没还清，旧账未了，好意思再开口新借吗？

“典身救母”，是他想到的第一个办法，他向公司总裁提出预支10年年薪，以为母亲筹措治疗费。总裁大吃一惊，未置可否，只是抛出一个疑问：“等你母亲治好病，你也没有了收入，那时，生活都成问题，还能安心工作吗？”

第二天，他从财务部领了三个月的薪水，便离开了公司，显然，这是总裁对他的额外照顾。他退回了两个月的工资，领了自己应得的那一份，头也不回地走了。

行走在各种招聘会、人才交流会，人家一听见他的“典身救母”，就退避三舍，把求职信退还，看都不看一眼。时间就是母亲的生命，才这样下去，自己将眼睁睁地看到母亲被死神拉走。天地为这倾覆，活着还有什么意义？

如果以自己的死能换回母亲的生，他觉得值。他开始一项最愚笨也是最感人的寻死工程，寻找世上最昂贵的死法。到一家餐馆吃饭，然后自己给自己下毒，可以得到餐馆老板的一些赔偿，但从数量上看，不够本；去煤矿挖煤，矿难身故，有几万补偿的，但矿难不是常有啊……他没有去想城市最常见的车祸，他不想让母亲生命中最重要的两个男人以同样的辞世方式，那样噩梦将无情地折磨她的后半生。

最后，他想出了自认为最昂贵的死法。临行前，母亲还在熟睡，他以带泪的微笑辞别，跨出家门，就觉得母亲正一步步远离死神。

这是他第一次坐飞机，为了保险起见，选择了一趟旅客稀少的目的地，执行飞行的是只有40来座的小型飞机，出事概率大。登机前，他向着母亲的方向跪地磕了三个响头。

然而，飞机一路正常，连气旋都未碰到一个。着陆后，他慌神了，此时，除了手里几张保单外，已是身无分文。他趴在异乡的土地上大声哭喊：“我为什么没有死成呢？我还有什么脸活在世上，连母亲都救不了……”

他的怪异表现，从一登机就被一个记者盯上了，此时，记者打开录音机，记录了他的心灵之苦。

三天后，他舍身救母的行为登上了报纸，自己也被好心人送到母亲身边。

母亲见他第一眼，就泪如雨下，她哭诉着：“儿啊，你有个三长两短，妈妈怎么活得下去啊！”

他看到母亲床头那张报纸，标题是一行粗黑大字：寻找世上最昂贵的死法。副标题刺得他眼酸心痛：母亲的答案是，儿子是我唯一的支柱，没有儿子我活着有什么意思？原以为，只有自己是这么想的，爱她宁愿为她死去，没想到，母亲的这种想法更强烈。

母子深情感动了这座城市，包括那位炒他鱿鱼的总裁在内的爱心人士纷纷捐款，他的母亲成功进行了手术，他也回公司上班了。

其实世上哪有什么最昂贵的死法，最珍贵的是活着，活在爱中，就是幸福的。先得活着，爱才能有所附丽！

娘心

年关，陈非在建筑工地上，一不小心从三层高楼上摔了下来，跌成重伤，住进医院。

陈非有个年迈的老母亲，在村里独守一间偌大的房子。回来过年的同村人都瞒着陈非的母亲，谎称他还在工地看守材料，口径一致，无懈可击。

她知道儿子不会回来后，便不再每天黄昏站在村口张望。但她一日日站在自家的门口等待儿子平安归来。有人看见了，就说：“你不用等你儿子回来，他在外面挣大钱！”她回答说：“不等？除非闭上这双眼睛。”

陈非的母亲在大年三十的那天，离开家里，赶往儿子所在的城市。她第一次出远门，第一次来到城市。她在陈非干活的工地上打听到他住的医院，又急急忙忙赶到医院。她看见躺在病床上的儿子，顿时老泪纵横。

陈非说：“妈，你怎么赶来了？谁告诉你的？”

她抹了一把泪，说：“谁告诉我的？谁也没告诉。是我看风水看出来的，他们一个个面目表情与平常不一样，我就知道你有事。”

天下娘心细如针，重如山，深似海啊。

母亲的心

那个午后，先生不在家，她穿着宽展的休闲家居服，依在阳台的软沙发上绣十字绣玩。在素白的底版上，一针一线，绣一颗红亮的心。

阳光温润，清风柔和，儿子在卧室里翻箱倒柜，由他去耍，三岁的孩子，手脚总是难得消停。那一刻，她觉得眼前的一切，静静的，美得像油画一样。

是儿子的一声大哭，惊乱了静美的一切。

她心一惊，顿时乱了分寸，一不小心把绣花针刺进了手指，血都滴出来，也不觉得疼，只顾扔下手里的活，直奔儿子去了。

有烟起，初秋的轻雾一般一片乳白色。管不了那么多，她一把抱起坐在地上的儿子，哄了起来：“宝宝乖，妈妈在，不怕。”等儿子停了哭泣，才把他放在客厅沙发上，转身去卧室，乳白的雾，已变成面目狰狞的黑烟，已经能看到细细的火舌一点点吞噬地板、床单、床头柜。她从卫生间接好一盆水，泼了过去，那火就没了脾气委顿了下去。水倒火灭，再次飘起的烟，就有焦湿的气味。

也是心急，或许是洒下的水致使地板太滑，她又一次端起一盆水，准备扑灭最后一处明火的时候，连盆带人滑到在地上。看着妈妈手忙脚乱地取水泼水，儿子知道自己惹了大祸。再看见妈妈倒在地上，他已害怕到了极点，禁不住又大哭起来。

她爬起来，跑到客厅，抱起吓哭的儿子来，也顾不上自己脚疼，一心哄儿子。这一回，儿子再也哄不住了，他的哭声很瘆人，眼里流露出惊恐之光。

她抓起手机，推门就出去了，惊回首，火又重新爆燃而起。她一边下楼，一边打 119。抱着儿子在楼下等消防战士的时候大火已无情地将家摧毁了……

又一个午后，在临时租来的屋子里，先生坐在沙发上看报纸，她在阳台绣十字绣，儿子趴在地砖上玩积木。她问先生："家里损失那么大，你怎么没怪罪我一声呢？"先生说："你在灾难面前，能抱儿子下楼，是世上最伟大的选择！火烧掉的，我们总能挣回来。你绣你的吧。不要管那么多了。"

这时，儿子说："妈妈绣的是妈妈的心！"

先生补充道："是伟大的母亲心。"

她听了，扑哧一笑，阳光打在脸上、周身洋溢着，满满的幸福。

母亲送鸽

美伊关系紧张那会儿，我正酝酿着自参加工作以来的第一次搬家。单身宿舍的苦乐，我早已受够了，改善居住环境，成了迫在眉睫的事。于是，我在西郊一个老宿舍区，租下了一套二居室的房子。

自从离开母亲来城里工作，我就觉得欠母亲太多，她一大把年纪，一个人在乡下生活，多不容易啊。房子租下后，我赶紧打电话给母亲，报告了这一消息，并答应等搬好了，就接她过来，和我一块儿住。

电话那头，母亲在婉拒，她说："还是等你处了对象吧！我来了，又不能做什么事，只会给你添麻烦。等有孙子了，我就过来带孙子。"任我怎么劝，母亲硬是不愿来。这样的结果，虽在意料之中，但我还是吃了一惊。我想，天底下再也找不到这么无私的爱了。

没过几天，美国向伊拉克发动军事打击，战争爆发了！我和同事们一起，利用电视台的工作之便，一边干活，一边收看中央电视台国际频道的节目，密切关注伊拉克战争。

不久，美国地面部队进入伊拉克境内，这场战争掀起了新一轮高潮。我坐在电视机前，心中一凛：这仗越打越大了！同事们纷纷发表看法，办公室里气氛十分活跃。这时，我接到一楼传达室打来的电话。门卫说："是陈志宏吗？我这儿有个乡下妇女提着一只鸽子，说是要找你！"放下电话，我怎么也想不通，哪个乡下妇女会来找我，最近没去乡下采访过啊。

到楼下，我看见又惊又喜的母亲，手里提着一只小小的鸽笼，笼里关着一只我们乡下很少看到的白鸽。在我们那儿，养鸽户都饲养灰鸽，白鸽非常稀罕。

母亲说："听村里人说打仗了，我就赶过来了，还是跟妈回去吧，乡下更安全。”

我差点儿没笑出声来，我对母亲说：“我们这儿没打仗呀！”

母亲严肃地说：“没打仗，你这门口站着当兵的干什么，还拿着枪？”

看来，我得费一番工夫，仔细解释一番了。我说：“妈，电视台（卫视）属重要部门，所以就有武警站岗，不过，这和打仗没任何关系。打仗是外国人的事，离我们这儿远着呢，差十万八千里。”

母亲松了一口气，说：“没打仗就好，不过这只鸽子你还是留着吧！我听前村的后生说，打起仗来这种白色的鸽子会保护人的。为了买这只白鸽，我问了好多人，走了好多地方。”

这一回，我无论如何也笑不出声来。

美伊战争还在继续，我不知道，如果布什和萨达姆知道一个中国乡下妇女不畏来路迢迢，风雨兼程，只为给儿子送一只白鸽的故事后，会有什么反应？也许，世界上每一个母亲心中都有一只白鸽，一旦打起仗来，就会不远万里送给自己的儿女。每一场战争的爆发，都有千万个理由，然而，每一个母亲为儿女送白鸽，只有一个理由，那就是爱。

在带母亲回新家的路上，我打开鸽笼，放飞了那只漂亮的白鸽，同时放飞的，还有一个普通的中国农村妇女祈祷世界和平的心愿。

永远在你身边

九年前的一天，她接了一个电话，噩梦便像巨蟒一般缠上她的身子，仿佛连呼吸都觉得难。搁下电话，她浑身发冷，嘴里反复叨念着一句话："这可怎么办，怎么办啊？"

那个电话，是惊恐万分的儿子打来的。他慌里慌张地告诉她："妈，我杀人了！在酒店里，吃饭时，和人吵架，打起来了，有一个人，被我打死了。"

那是一次普通的吵架，却注定不是一个普通的结局。面对这种局面，他心里凉透了，一种前所未有的恐惧，如黑夜的黑一般，将他严严实实地罩住，任怎么努力也挣脱不开。而他的妈妈，更是一片迷茫。

一年后，他被判处无期徒刑，异地关押山东滕州监狱。

一个人，一方小天地，他格外想念千里之外的妈妈，那个被自己伤透了心，人近中年的好妈妈。但是，从江西到山东，来一趟多不容易啊，妈妈会晕车，哪能经受得住长途劳累呢。

思念，通过一封封信表达出来，句句敲打着母亲的心，特别是这么一句："妈妈，儿子知道错了，一定会在这儿好好改造，争取早日重新做人的。但是，妈妈，您和爸爸就不管我了吗？不要我了吗……"任泪水划过脸庞，妈妈的心，就在那一刻，酸楚起来，坚韧起来，再也不怕千里路遥，不怕晕车受罪，一心只想见到那个脆弱的儿子。她职业化地感叹道："我的儿子，你现在是一株需要母爱阳光，需要亲情温暖的幼苗啊。"

妈妈启程前往山东滕州，探过监后，管教告诉她："你儿子变化很快，希望你能经常探视。否则，他老也走不出阴影。"

经常来看？怎么可能啊！这山高路远的，何况，她还有工作，是中学副校长呢，更多孩子在等着她。但是，得知儿子需要妈妈的关爱，需要亲人来探视，她毅然作出决定：辞去副校长的职务，一个人来山东，“陪”儿子。

2000年9月，她一个人离开江西老家，来到滕州，人生地不熟，该如何立足呢。早在儿子出事之际，家里赔付受害人家属巨款，已经一贫如洗了。找了一段时间工作，她都失败了，最后，在离监狱不到50米的地方，摆起一个小修鞋摊。为了宽慰儿子，她告诉儿子，自己是请长假来的，在滕州做家教呢。妈妈的到来，给儿子传递着一个直接的信息：妈妈在，家就在；有爱在，亲情永存。

儿子乐了，不再觉得孤单，感觉到自己还是妈妈手心里的宝，渐渐地，走出阴影，看到一丝人生亮光。真正让他感到震撼的，彻底改变他的，是管教揭开了妈妈善意的谎言。

那天，妈妈给一个汉子修完鞋，遭到那人的恶意攻击，不但不给钱，反而要打人。恰好被路过的狱警发现，才把那个莽汉给赶走了。狱警见她十分眼熟，仔细一想，才知是狱中犯人的母亲，便上前关心起她来。天下女人都是承受不住太沉的负担的，想起这些年来的点点滴滴，她哭了，一一诉说自己全部的苦难。

当狱警把真相告诉她儿子，他仿佛周身充满阳光，那应是妈妈的无数晶莹泪光折射出来的啊！此后三年，他获得四次减刑的机会，刑期已减至15年。

这个好妈妈，名叫刘晓梅，曾为江西省吉安市某中学的副校长，一个感人至深的流浪母亲。母爱无私大无边，浩荡如长风，轻拂着儿子脆弱而褊狭的心。她用自己的爱，拯救儿子布满阴翳的灵魂，让儿子生活在阳光之中。

妈妈，永远在你身边。有妈妈在，心就在，爱就永远不离不弃。

白蝴蝶

孩子三岁的时候，父亲结束了在阿根廷工地上的工作，回家了。孩子很惧怕他，躲在母亲身后，用一种惊奇的眼神打量这个从未见过的男人。母亲扯孩子过来，说："小宝，这是爸爸。快叫爸爸！"孩子还是不敢，一径地躲。

母亲伸手，不轻不重地打了孩子，顿时，哇哇大哭起来。父亲责骂妻子，母亲训斥孩子，家里乱作一团。父亲牵过孩子的手，一起下楼，孩子由大哭而抽噎，间或夹杂笑声。下到小区草坪上，孩子就野了，撒腿疯跑。

一只小飞蛾从夹竹桃里飞了出来，孩子追过去，洒下一路笑声。突然，孩子扭头回望父亲，大叫一声："爸爸——"父亲远远地看着，会心一笑。三年多，从未相见，陌生只是一瞬，终归是血肉相连，情不自禁时，孩子还是那么自然地将"爸爸"喊出了口。

一只白蝴蝶飞到父亲身边，孩子急急地奔向父亲，热切地喊叫："爸爸，爸爸——"父亲张开双臂，迎接孩子，准备给他一个结实的拥抱。孰料，孩子从父亲身边擦过，追逐白蝴蝶去了。像猫扑蝴蝶似的，动作滑稽，父亲给逗乐了。

没等孩子扑远，父亲一把拉了回来，严肃地教训道："小宝，这白蝴蝶是鬼，不能去扑啊！"孩子是怕鬼的，这一说，就收脚立定，满脸惊慌。父亲是乡下长大的，儿时的乡下，老人都说，白蝴蝶是人死后变成的，是在回望自己的前世，是不能捕捉的，要不然，会被鬼害得生一场病。

父亲与母亲相隔三年的光阴，心已然拢不到一起了。邻居对他们家的评价是：小吵天天有，大吵三六九。孩子无端地受冷遇，爹不亲娘不疼，生生落了单。那时起，孩子总是一个人去捕捉白蝴蝶，悄悄装在纸盒里，期待自己被鬼害出病来。孩子记得，每次生病的时候，妈妈总是不离不弃，那么亲疼自己。可是，满满一纸盒的蝴蝶，都没有害出一场病来，哪怕小小的感冒。

孩子有所不知的是，他扑蝴蝶的时候，父亲和母亲已经签了离婚协议。

母亲已经知道，在阿根廷工地上，父亲和国内同去的一个女人相好了。那女人已先一步办了离婚手续，正等着他呢。母亲也明白，在国外三年的收入，他隐瞒了一大部分，日后，和孩子的生活会越发艰难了。

母亲并没有让孩子知道更多，只是告诉孩子：“你爸爸要离开我们了，这一回，不是去国外，是永远地离开我们。不过，以后，还是可以见面的，只是像去外婆家那样，走亲戚了。”孩子只知道别人都有爸爸，而自己的爸爸刚刚回来，就又要离开了。听后孩子大哭了起来，任母亲怎么劝都无济于事。

父亲跟孩子告别。孩子不理他。沉默已久，孩子开口说话了：“我没有爸爸，我爸爸在这个盒子里面。”父亲从孩子手里接过漂亮的纸盒，打开一看，一群白蝴蝶正扑腾着，振翅欲飞。每一只白蝴蝶，都是一汪明净的湖，白茫茫，潮润润，浇灌着父亲的心。

父亲的心，紧紧地缩了一下，转身，将离婚协议书撕得粉碎。

天乌乌

外人眼中他们的金质婚姻，其实是一地的碎屑，因了一道斜照的残阳，所以看上去一片金光灿烂，看透了，无非就是一片惨不忍睹的垃圾，甚至还散发着恶臭。天彻底黑下来了，人间夫妻之间所有的猜忌、吵闹、冷战、疏离、背叛等诸多不幸，成就了一出出婚姻家庭的悲喜剧。

天黑了，人们就选择性目盲，暂且偷欢，或者苟且活着吧。只是苦了孩子。

天底下多少这样的家庭呢？这不，他和她就是这样一对。

他很爱孩子。她也是。婚姻爆出裂痕后，都本能地想到要一个孩子，去填那个看似无形却大得吓人的情感罅隙。不知谁说过，世上夫妻大都是维持会，孩子是会长。她想，等孩子生出来，有了会长，也许就好了。他想，孩子的笑声一定会曾经盖过现在的沉郁，化解家中混凝土一般的板结气氛。

怀孕前，他买了一大堆胎教光碟，一遍一遍放给她听。她在网上一件一件，淘宝似的挑选婴儿用品。他说："少上点网吧，电脑有辐射，对孩子不好呢！"怕孩子受伤害，尽管大热天她穿着厚厚的防辐射服，还是担心，所以，索性抛弃少女时代就迷恋的网购。挺着大肚子，挨家婴儿用品店逛着去，多苦多累都不怕。想到孩子能用上自己买的东西，心里那个爽啊。

儿子的一声哭，一个家就有了支撑的主梁。三足鼎立，历来是最稳固的组合。

月子里，她不喜欢他妈妈的服侍，而她妈妈和他以及他所有家人都合不来，生怕自己的女儿吃了亏，受了不公正对待。一个月子影响一生。她这么想着，她妈妈在旁边不断强调，她坚决提出要回娘家坐月子。这一走，她就再也不愿回自己的家了。

开始的时候，他下了班，都要开车绕好远的路，去岳母家看自己的儿子，然后，吃顿晚饭，再开车回自己的家。后来，他太累了，单位忙一天，已够累了，再来回一折腾，累得整个人都要散架了。回到家来，他妈妈一会儿骂自己的儿媳妇太顾娘家，一会儿骂自己儿子没本事，连个老婆都守不住，让她在娘家一住就落脚生了根。在外累够了，在自己家也落不到耳根清静。于是，他对活着有没有什么意思产生了深度怀疑。去酒吧喝酒，在重金属音乐中麻醉自己。

气急了，受够了，他就追问她："你是我老婆，不可能永远在娘家住下去吧？把自己的家当回事，行不？"她说："回啊，肯定要回啊，等孩子长大一些吧？"她还说："你以为我愿意在我妈妈家啊，看着我妈妈带我们的孩子，累得白发都长了那么多，我不心疼啊？"她又说："……"

说多了，他就怀疑，那个说来说去的女人，到底还是不是自己的老婆？转眼孩子满周岁了。他郑重地向她提出："要不你在娘家过一辈子，要不，现在回来！"

她还是不回，理由总能找到的。就像那句著名的"先把别人的东西抢过来，辩护律师总是能找到的"一样，只要下得了狠心，厚得起脸皮，人人都有做强盗的能力。她的理由很简单：什么我妈妈带孩子有经验，什么孩子在家里会认床不会睡觉，什么家里房子太高，没有地气……一大堆的搬出来，冠冕堂皇，无懈可击。

生孩子之前，婚姻只是出现裂缝，而现在，两人就像漂移的大陆一样，中间隔着辽阔的大洋。他只好亮出自己的杀手锏——递给她离婚协议书。可她不想离。她觉得这样过下去很好，你在外面打拼赚钱，我在家里带孩子，多么好的事啊，为什么要离婚啊！就不签字，你去法院告吧！

他却是舍不得儿子。儿子虽长期不在自己身边，见了面，却是异常亲热，压根就不认生。所有人都可以与儿子说再见，唯独他说再见时，儿子准要大哭。

终于，他和她吵翻了脸。在她妈妈家，他丢一句话："你就等着法院的传票吧！这婚离定了！"正要拉开门，儿子哭了，撕心裂肺地痛哭，眼泪叭叭往下掉。哭得他心都碎了。他走过来，抱紧儿子，拍拍背，哄道："儿子乖，爸爸在。不哭啊！"果真就不哭了，他用手一擦，手心手背全是儿子的泪。

放下，再走，儿子像要断气似的大哭，一边哭，一边说：“天黑下来了！天黑下来了！”

天黑下来了，就是不要出去。平时孩子喜欢出去玩，天黑孩子还要出去，她就会告诉他：“天黑下来了，不能出去玩了。”抬头望，天果真黑了，听到儿子这么一句，他的心碎成无数片了。儿子怎么早熟到这般田地，知道间接挽留爸爸了？他咬咬牙，还是走了，身后是儿子惊天动地的哭泣。发动汽车，一直往家开。

半道上，一圈人堵住了路。打开车窗一看，大伙围着一个一点点大的孩子，那孩子一边哭一边叫：“爸爸，天黑了，我好怕。妈妈，天黑了，我好怕。奶奶，天黑了……”泪流满面，轮番着喊自己的亲人。

他再也忍不住了，眼泪掉了下来，掉转头，往回开。

车上，那首台湾儿歌《天乌乌》，在快乐地回荡：“天乌乌，要落雨，阿公仔夯锄头要掘芋；掘啊掘，掘啊掘，掘着一尾汕鰡鼓，咿呀嘿都真正趣味。阿公仔要煮咸，阿妈仔要煮淡，俩人相打弄破鼎；咿呀嘿都啷当叱当呛，哇哈哈。”他不想让儿子在天黑了感到害怕，只盼儿子天黑时，像“天乌乌”一般欢快地歌唱。

路灯下，他把离婚起诉状撕得粉碎，一扬手，车窗外如雨纷纷。

天黑了，夫妻都摸黑过日子吧，哪怕她不愿意回来，哪怕自己一个人过多久，他想，都应该忍受，而且，也能够忍受。隐忍，是一个成功男人的基本功吧。

只要看了儿子灿烂的笑脸，他觉得，那就是天亮了，日出东方，霞光万道。

红缨枪

“妮妮，想不想妈妈？”——“想。”

“给妮妮找个新妈妈，好吗？”——“不!”

和女儿提了许多次，都不见效，他一度泄了劲，觉得索性就这么汤汤水水地过乏味的日子，不去奢望太阳从西边出来。直到因为照料女儿，迟到早退N次，被老板炒了鱿鱼，女儿才有松动的迹象。

女儿说：“爸爸，是我成了你的累赘，让你丢了工作。”

他对女儿说：“妮子，你是爸爸的宝贝，哪儿会是累赘呢。只不过，我们这个家，需要给你找个新妈妈。”

好半天，女儿也不开口，算是默许。

他顺着往下说：“要不，明天我把新妈妈给你带回来看看？”

女儿的眼泪无声地滑落下来，但她还是狠命地点了点头。

见了新妈妈，女儿很懂事，成熟的让阿姨心疼。妮妮端来一杯水，说：“阿姨，您请喝水。”然后，亲密地扑进阿姨怀里，偎进那久违的温暖人心窝。是那么的亲密，那么的快活。他觉得新妈妈和妮妮真是有缘，第一次见就黏得跟一对亲母女一样。他顺心快意，连喝了三大杯。妻子离世之后，还第一次这么痛快地喝酒。不是酒好，是心情好。

她帮妮妮洗澡，讲童话故事，直到哄睡了。转身，去他的房。在房里，他躺在床上，幸福地期许着，却听见她一声惨叫，起身一看，她倒在地上，妮妮手里紧握着一把红缨枪，枪头，一丝一丝滴垂着鲜血。

“妮妮，你怎么能这样？”一高举拳头，向女儿挥去。

“不要，不要打妮妮!”她躺在地上，极力地拦阻着。

她在医院里，住了七天，妮妮被关在家里七天。

她问："红缨枪是哪来的?"

他说："妮妮妈妈留下来的，剧团里的道具。生前她是台柱子，演穆桂英，舞得非常好。不知道怎么带回家，被妮妮藏着。"

一出院，她带妮妮到妈妈生前的剧团，就着"咚咚锵咚咚锵"的声音，看舞台上，演员们水袖长舞，红缨枪拼杀。带着妮妮逛动物园，吃肯德基，去海边捡贝壳，听林间踏苔藓……还有，夕阳西下时分，领着妮妮，在小区的草坪上耍红缨枪。

直到有一天，妮妮开口喊了一声："妈妈。"然后，对这个新妈妈说出了一个关于妈妈的秘密。

这把红缨枪，是妈妈家祖传的宝物，专门给女儿留下的。红缨枪记录着梨园世家的功名与伟业，传到妈妈手里，已是第四代了。哪知，她却因绝症，不得不提前谢幕。那天，妈妈收拾完最后一件衣物，把女儿叫到身边，郑重地将一把红缨枪交到女儿手上。那是她的魂，她要常伴女儿左右，护佑自己的女儿。妮妮郑重地接过来，心里暗暗发誓，谁若是想取代妈妈的位置，就用枪去捅她!

妮妮说："现在，你是我的好妈妈了。这把红缨枪，我还是给我的妈妈吧。"

妮妮一手举着一把小花铲，一手拉着她，来到小区里那棵最高的白玉兰树下，挖了一个长条型的深坑，将红缨枪埋了进去。一大一小，拉钩，发誓不告诉他。

红缨枪的入土为安，是两个女人之间的完美交接!

爸爸——三个女人深爱着的敦厚的男人，始终不曾知晓，这个关于红缨枪的秘密。

父亲就是打破神话的那个人

他五岁的时候，不幸患了小儿麻痹症。乡卫生院的医生对他的父亲说："你就别浪费钱了，到县城买个好点的轮椅吧。他这一生肯定要在轮椅上度过。"

他的父亲沉默良久，吸完了一袋烟，背起儿子一个劲地往县城赶。县医院的医生把话说绝了："你就是把儿子背到北京去治，也站立不起来了。"

12 岁那年，他坐着轮椅，去学校上学，端端正正地坐在小学一年级的教室里。他的成绩不算好，但音乐老师喜欢他，夸他乐感好，嗓音也不错。夸过之后，音乐老师又无奈他摇摇头自语道："一个残疾人，要想唱歌，难啊！"

一天，他对父亲说："爸，李老师说我的歌唱得好。我想唱歌！"在村里，健康的小孩都不敢抱有唱歌、跳舞这类学艺术的念头，他的这一想法一时传为笑谈。村里的人众口一词："他想当歌星？讲神话哟！"只有他的父亲把他的想法当回事，认真地说："儿子，只要你有这个想法，我就一定要让你成为一名歌星！"

他的父亲把他背出了山村，背上了火车，直奔省城。他看见了山外精彩的世界，抑制不住内心的激动，在父亲的背上一路高歌。

当这对父子俩站在师范大学音乐系主任家门口的时候，城市已是万家灯火，奇异的饭菜香冲进他们的鼻子，一整天没吃东西的他们越发感到饥肠辘辘。系主任把门打开，他父亲立即跪了下去，央求道："主任，我儿子有音乐天赋，求你收下他吧！"

系主任惊讶地问："谁说你儿子有音乐天赋？"

他父亲说："我们村小李老师说的。"

系主任骂道："神经病。"

他们离开了师范大学，茫然地行走在陌生的城市。

他俩走了很多地方，敲了很多门，都被人冷冷地拒在了门外。他的父亲依然没灰心，背起儿子又踏上了新的求学之路。他们的真诚和执著终于打动了一所民办高校的艺术系主任。他成了音乐班免费的特招生。

经过一年的正规训练，原本资质不算好的他在学校“赢得了”歌王的美誉。他翻唱郑智化的水手曾让无数观众为之动容。

离开学校后，他对父亲说，“我要去北京唱歌！”他父亲二话没说，把他背到了北京。他拄着杖跑场子，一声又一声歌唱着美好的生活。

几年过去了，他成了业内颇受欢迎的“地下歌星”，凭借自己的努力，在北京买了房子，把山村里的家人全接到了首都。他的父亲却因过度劳累，离开了人世。

那一年，他 24 岁，他父亲 57 岁。

父亲的背是他实现梦想的人生航船，父亲的意志是他超度现实的人生航标。父亲给他温暖，给他力量，给他自信，给他实现人生价值的阶梯！

父亲就是打破神话的那个人！

咸亚王

男人失业后，独自沉沦了，常常一个人发呆，在深夜里买醉。醉醺醺地回到家，就对女人施以老拳。男人心头有太多的苦，通过醉来自我消化，又通过打骂女人，来转嫁出去。

终于有一天，女人神秘地失踪了。抛下男人和儿子，再也没有回来。

是儿子的哭闹，让他清醒过来。那一次，儿子哭得非常伤心，他习惯性地挥拳，准备去揍他，手扬起来了，泪也从脸上滑落下来。拳头松了，心软了，那一刻，男人彻底地醒了。

为了儿子，他像换了个人似的，里里外外地忙碌着。为了生计，他干了不少力气活，低三下四地劳碌着。从前那种一家人其乐融融，工作安逸的日子，彻底远去了。而所有的不如意，男人都隐忍着，负重前行。

生活苦点，工作累点，家里乱点，没有女人的日子孤寂点……这都不算什么，唯一让男人觉得抬不起头的是，自己的落魄，给儿子丢了脸。有时，他在街上偶遇去上学或者放学回家的儿子，他都要躲着，绕开走。

没有星星的黑夜，儿子就是唯一的星辰，就是自己的一切。男人这样想着，天天警醒自己，照这样做。

有一次，男人看见一群小伙伴欺负自己的儿子，齐声数落：“没妈的崽，没脸的爹——”儿子非常无助地追着他们打，同伴哄笑着，四下里散去。寂静的街道，儿子孤独的影子，拉得老长老长，影子里，落满了少年的泪。那瞬间，男人的心都要碎了，暗暗发誓，一定要找份体面的工作，让儿子有尊严地融入同学当中，让他的同学平视，甚至会仰视。

男子终于找到一份很有文化，也很体面的工作——为剧组服务。尽管只是给演员们送饭，尽管有时连演员们的面都见不着，但不妨碍这够面子。为了孩子，男人落下一个求演员签名的怪毛病。哪怕腕再大，他也敢求；哪怕角再小，他也愿求。

儿子有了这么多明星签名，渐渐地，成了孩子们心目中的明星。男人因为心诚，身子灵巧，模仿能力不错，况且与人相处相当活泛，命运渐渐有了新的转机。男人从送饭工做起，一路做到了威亚上的替身演员。

好歹，男人也算是一角了。

有时，男人拉儿子去电影院看自己演的电影，从头看到尾，没看到父亲，也没有在演职员表中发现父亲的名字，儿子疑惑不解地问："爸，哪有你呀！"男人跟儿子解释了半天，儿子仍是不解："我怎么没在电影里看到有钢丝呀！爸，你不会一直在骗我吧？"

不带儿子去拍摄现场看，让这么大的孩子完全理解威亚，确实有点儿难。况且，现场轻易不让外人进的。就让它永远成谜吧。

那天还在教室上课，儿子被人接到医院。看见全身插满各种各样的管子的父亲，就瘫软在病床前，"哇"地一声，大哭起来。儿子抓住男人的手一边哭一边喊："爸爸，你怎么成这样了？到底怎么了！"

哭了很久，眼泪再也哭不出来了，儿子便不由自主地耸颤着肩，抽噎着。儿子抽泣的时候，看见了大胡子导演，看见了红得发紫的明星叔叔阿姨……他们推门进来时，都高喊一声："威亚王。"

儿子不再觉得父亲骗他，儿子觉得父亲非常非常的伟大，那些大明星都来看爸爸，爸爸太了不起了。

在医院的日子，儿子认识了一个阿姨。她天天陪护着男人，她也像母亲一样，呵护着他。男人清醒后，第一句话就是："儿子，从今往后，这个阿姨就是你的妈妈，好吗？"

儿子重重地点点头，拉着阿姨的手，脆甜地喊了一声："妈妈！"

八月八日，儿子陪着男人看奥运会开幕式，一家三口看奥运，最高兴了莫过于儿子了。阿姨起身给爷俩一人端来一杯牛奶。这时，儿子对阿姨高喊一声："妈妈，我看见钢丝了！"

那是点火仪式，李宁在"鸟巢"上空奔跑。男人对儿子说："你看见他身上吊的钢丝呀，这就是威亚，吊着演员或道具飞来飞去的钢丝，英文叫 wire。咱们一起来拼读它吧——"

儿子就跟着男人，一个字母一个字母地大声朗读："w—i—r—e。wire。"

阿姨低声地对儿子说："你爸爸真的太了不起了！"

儿子高兴坏了，学着自己最喜欢的那个当红明星的模样，冲男人高喊："威亚王！爸爸，你是威亚王！"

阿姨也笑了，轻声地跟了一声："威亚王！"

一次，儿子不经意间翻看了男人当年的日记，在日记本的扉页上，有这么一句："长的是苦难，短的是威亚。每一寸威亚上，都刻着生活的苦难。而每一寸威亚，就是自己一生中无以选择的光阴。所以，我选择在每一段时光，忘我地投入，吊在威亚上，用背影抵御浸润于生活之中苦涩。那样，苦难就可以暂时抛在脑后。"

这个男人让儿子记住了父亲的伟大，还有父亲的威亚。

爱到极处成陌生

风是后半夜起的，很大，很冷。呜咽如哭。

他在寒风中蜷缩成一只受伤的猫，靠着自己家的门，任伤心的泪在风里滴落成冰。与泪一起风中结冰的，还有他那颗渴望温暖的幼小的心。

姨娘执勤回来，已是凌晨三点，见他在冷风中紧缩成一团，泪水打湿双眼。她记起来了，下班之前，他是给自己打过电话的，说是钥匙落在家里。而自己满口答应回家帮他开门，偏偏那时接到蹲坑守候的任务，一忙，把这茬儿给忘了。悔恨，懊恼，将这位外表刚强，威风凛凛的女刑侦队长击倒了，她哭出了声，急急地把他抱进屋。

他的妈妈，也是她的姐姐，和她一样，也是飒爽英姿的刑警，但在前年一次追凶过程中光荣牺牲了。临终前，把儿子托付给妹妹，嘱咐妹妹一定要把他当亲儿子看待，拉扯他成人。

瞬间，她从一名警校毕业生，变成一位母亲，去呵护一个年幼的孩子。身边示爱的男子匆匆来，匆匆去，就像警笛响起，警笛声灭。她无悔，把所有的爱倾注在“儿子”身上。在最疲累的时候，在最无助的时候，她叫一声“儿子”，或听儿子喊一声“妈妈”，心如海潮起，幸福一波连一波。

可是，就在这个北风凛冽的夜晚，他不再叫她妈妈，一口一个姨。在她听来，那一个一个的“姨”从他嘴里蹦出来，仿佛飞来冰雹，打得肉身生疼，内心酸楚。

距离，一夜之间，在原本和睦的“母子”之间产生，仿佛两棵树，根不连，叶不逢，遥遥相对。

在学校，他被社会上的小混混追打，常常鼻青脸肿回来，却从不向“妈妈”哭鼻子，也不喊痛，早熟得让人心碎。

她关切地问："儿子，你怎么啦？是不是和同学打架了？"

他毫不在乎地说："姨，没事，只不过是摔了一跤！"

一个她执勤的日子，他甚至卷起书包和床单，逃也似的离家，睡到天桥底下。她同事认出来，把他往家领。她几乎是押送他回家，曾押解无数犯罪嫌疑人，也是心情沉重，而这一次，除了沉重，还无比伤心。回到家，倒在床上，抱着姐姐姐夫的遗像痛哭。他却置之不理，走到自己房间，重重地把门关上。

他们之间的距离，一天长一点，终于成了一道天堑鸿沟。

绝望伴着无助，把她折磨得快要疯了。她间歇性地狂叫，声声如北风呜咽。她曾在一本书上读到一则佛语：爱出者爱返。深信其理，奉为神明。却不明白，为什么自己抛洒出去的爱，激不起"儿子"一丝一毫的反应。他只是冷漠如一尊月光下的坐佛。

又一次成功执行任务回来，她心里一悦，随手打开本城电台，不经意间，陡然听到"儿子"的声音。

"我怕。我一个人待在家里，姨娘执行任务去了。"

"我妈妈生前和姨娘一样，也是刑警，在执行任务的时候，死了。我怕我姨会像我妈妈一样……"

"现在，我努力把姨当陌生人看，如果她牺牲了，难受也许会少一点吧。其实，我很怕姨离开我，她是我唯一的亲人啊！"

"今天是母亲节，我想喊她一声：妈妈！"

她把车泊在路边，趴在方向盘上，泪珠一滴滴落在白色皮凉鞋上，悬在心中的疑团散了，她在午夜缕缕电波里，收获了世界上最为浓烈的爱。

那一声迟来的呼喊，于陌生的空间里，交融温热的气息，那大写的爱，将那无边的距离，轻轻抹去。

世上有一种爱，极致的爱，以陌生的姿态，以不爱的妆容，涂抹在深爱着的人的脸上。心里，却是最辽阔的情分，最深沉的大牵挂，最浓烈的爱。

父亲开口说话

我的父亲是一个哑巴。

父亲10岁那年，得了一场大病，在乡卫生院抢救了一天，后转送到县人民医院治疗了半个月，爷爷奶奶都哭肿了眼。回来时，父亲的命总算捡回来了，但不能说话，咿咿呀呀，像个学语的娃娃。

好在父亲是个手艺人，否则一个哑巴，外出算命是他唯一的活路。我小时候经常看到那种“经典搭配”：一个哑巴牵着一个瞎子，瞎子叫喊：“算命！算命！”，哑巴敲一面小锣“咣咣咣咣”，走街串巷，替人算命。父亲没有找瞎子搭配，而是跟着他的表舅学做圆木活。这是一种现已基本失传，快绝迹的手艺，难度极大。

父亲的圆木做得极棒，竖板与竖板的连接处严丝合缝，一线光都漏不进来，水桶、马桶、脚盆、澡盆……结实耐用，滴水不漏。

远近百十里，父亲是最有名的圆木匠，哪家哪户要嫁女，都要请他去做几个工，为行将立户的女儿做一套圆木：盛米用的米桶、蒸饭的饭甑、锅盖、脸盆、脚盆、澡盆……家用圆木器，一应俱全。

母亲是个残疾人，右手右腿不便，勉强能自主自立，但不能同时看管好我和弟弟。父亲做工的时候，总是把我带在身边，陪着他一起干活。父亲要什么木料，咿咿呀呀地向我比划一番，然后，我就对主家说，让他们做好准备。

我和父亲配合得很默契，他需要什么，一个眼神，我就能领会。锉钝了，我会找来磨刀石；要打线，我会递上墨斗；快完工，我就到铁匠铺买铁箍……父亲接过我递去的家什，总会冲我温和一笑。

父亲从来没有打骂过我，甚至不曾对我怒目。

女娃在农村既轻又贱，常常被大人或兄弟打骂得鬼哭狼嚎。我不知道，为什么父亲对我那么好。三生修来的父女缘，是我莫大的福。父亲的举动显然影响到母亲和弟弟，他们绝不会对我展露凶相，更别说动手打我了。我们一家人，虽然过得清贫，但其乐融融，幸福快乐。

那时，我经常能听到别人夸我说："这就是那个哑巴的女儿，命真好，从来没挨过打骂。你看她长得鬼精鬼精的，有福。"不知道这是捧我，还是贬低，只觉得，听来很受用。至少，这是对父亲的奖赏。我一直认为，不打骂女儿的父亲，才是合格的父亲，才能让女儿打心底敬爱他。

父亲喜欢家人与他一同分享成功的喜悦。每每有出嫁队伍路过我们村庄，父亲就会一手牵着我，一手扶着母亲走去村口。母亲在父亲的牵扶下，深一脚，浅一脚，但走得很安全。她放心不下跑在前面的弟弟，一路叮嘱："强强，慢一点，别摔跤了！"我们一家站在那棵如盖的老栎树下，目送着迎亲的队伍，唢呐声声，爆竹声声，而树下，我们家的笑声也传得很远。

走在出嫁队伍的第一个位置是一手执长香，一手提鸡笼的媒婆，紧接着就是圆木"喜挑"，叠床架屋，满满一担，各式圆木幸福地叠在一起，澡盆里叠马桶，马桶里放着脚盆、脸盆，木桶里叠放水桶，水桶里藏着饭甑，担子上的每一个圆木器都系着红丝带，贴了大红"囍"字，热热闹闹，喜气洋洋。这些圆木器都是父亲做的。看着自己的荣誉作品在吹吹打打的喜庆气氛中，渐行渐远，父亲总是眯着眼笑，这种幸福微笑，能持续很长时间。

我上高中的时候，家乡的圆木器普遍被塑料制品代替了，父亲"刀枪入库"，告别多年的手艺活，一心一意莳弄田地。农闲时分，父亲就会到各处的水沟，掏泥鳅，抓黄鳝，嘱咐母亲炖给我们姐弟俩吃。多余的，才拿到集市上去卖，所换来的钱，只够家庭日用开销。没了做圆木的收入来源，家里捉襟见肘，困难重重。

高三那年寒假，我把自己的课本放进父亲的工具箱里，跟着村里的几个女伴，南下东莞打工。

父亲把我送到镇上坐车，一路咿咿呀呀地"说"个不停，我不知每一句话是什么意思，但深深地懂得，每个音节都是对女儿的呵护和祝福。临别时，父亲重复了无数遍：达达！见我一直都在迷茫和不解中，他挥动着双手，表演起哑剧来。我终于明白了，父亲要我到东莞后，给家里打电话。父亲遭病的那年才刚上小学二年级，认的字很少，但能够听懂别人的话。正因如此，他才会提出打电话的要求，而不是让我写信。

家里没有电话，只能打到隔壁王婶家。每次打电话到王婶家，要先挂断，等她叫来父亲母亲，再拨通。先是母亲的一番叮嘱，然后，就是父亲抢过话筒，听我说。他啊啊啊地应和着，每一个“啊”的音节里，都潜藏着笑和快乐。父亲高兴啊。

第一次回家，我特意跑到镇电信所，给家里安装了一部电话，以方便父母接听。为此，父亲不顾寒冬腊月，跑到离家很远的水沟里，用锄头敲开冰块，舀干水，用手又掏又抓，总算弄到几条又粗又长的黄鳝。提回家后，父亲把黄鳝放在清水里养了半天，然后嘱咐母亲炖给我吃。看着父亲被坚冰划破的手，我心头一热，躲在床头，止不住地流泪。

在东莞，我一边打工，一边参加自学考试，两年后，我取得会计电算化专科文凭，以此，我进入公司财务部，做了会计。在复习遇到难题的时候，在倍感孤独想家的时候，在加了工资换了岗位的时候……我都会给家里打个电话。每次都是母亲先唠唠叨叨说一通，那是她和父亲“商量”了很久，才说出来的话。然后，父亲就会抢过话筒，啊啊几声后，便期待我说给他听。父亲听我的话听得极认真，我每说一句，他都会嗯啊地应和，间或嘿嘿一笑，表示高兴，或者“嚯嚯”几声，以示不满。普天之下，除了母亲，只有我对父亲的“话”听得真切明白。而长年的相濡以沫，母亲对父亲已无话可说，只有我对父亲有满肚子的心事要倾诉。

我长年在外打工，电话成了父亲倾听女儿唯一的工具。父亲大半辈子都这么孤独过来了，而为时不长的电话聆听，成了他与我与这个世界的交流方式。

我深深地理解父亲几十年的孤独，所以几乎每晚都会打一个电话报平安。公司里的大小事情，包括谁给我送花，谁给我发短信，谁请我吃饭，又买了一双凉鞋等芝麻大的小事，我都会说给父亲听。内容琐碎，但极为家常。父亲每次探听到我恋爱的消息，都是那么高兴，嘿嘿地笑个不停。

寒冬岁末，我决定带男朋友回家拜访父母，特意打电话告诉父亲。父亲在听完这一喜事之后，突然说：“乖女儿，我一定要给你打一套圆木器！”

我极为夸张地大叫起来：“爸，你开口说话了！”

父亲沉寂了40年，终于开口说话了，这是上苍赐给我的最好的新婚礼物，这将和父亲的圆木器一起，成为我最珍贵、最美的嫁妆。

我依稀看见父亲在村口目送他心爱的女儿和他做的最后一套宝贝似的圆木器，在喜庆之中渐渐远去。而爱，越发拉近了父女的心，深深地将我们相连。

妈妈不知道汽车防冻液

带孩子去公园玩，是每个妈妈最乐活的事。

孩子满周岁后，她常常带儿子去公园里，看看捏糖人，坐坐旋转木马。每次都是欢欣地去，却总是带着隐隐地焦虑归来。别人家的孩子一岁多了都欢蹦乱跳的，开音吐字，咿呀可人。自己的儿子却老也走不稳当，说话更是遥不可及，只是那么清甜地笑，笑得妈妈都心疼。

也找过一些人来看，都说发育有早有晚，各不相同的。只好安慰自己，自己的孩子只是晚熟一些，没事的。就是再晚，总有可以放手那一天的。

两岁之后，妈妈就急了，儿子仍不会正常走路，不会说话，更让人揪心的是，时不时地开始呕吐起来。有一次，小姑把孩子带到公园里玩耍，没过一会儿，就抱回来，原来，孩子呕吐起来了。一向与小姑亲融的妈妈急了，对着姑姑吼："你怎么带的，怎么能让孩子着凉呢?"一把抓起扫帚，向小姑挥去，是爱人拦住了，否则还不知怎么收场呢。

感冒迹象并不明显，妈妈还是带儿子去儿童医院打针吃药，回来后，炖鸡汤排骨汤、鲫鱼汤……一汤匙一汤匙地往儿子小嘴里送。

情况并没有好转，呕吐越来越厉害，每次吐的时候，就像喷出来似的。妈妈被彻底吓趴下了，不知如何是好。为了避免儿子体内缺水缺营养物质，只好带到医院输液，一针一针，把孩子细嫩的脚背都扎花了。

联想起孩子的不太正常，妈妈开始怀疑不是感冒，她下决心带儿子来省城的医院地彻底做检查。

结果让妈妈茫然无绪。

医生说："在你孩子体内查到了一种特殊的物质，就是汽车防冻液。你是不是让孩子接触了这个?"

妈妈惊疑，半天也不相信医生说的话，甚至还怀疑这个医生是不是精神不正常，一派胡言。但想想这么大的医院，再想想自己孩子的非正常状态，她只好压低心头的怒火，如实地说："我不知道什么是汽车防冻液啊！"

医生说："你儿子体内含有一种名叫甲基笨二酸的物质，这个东西，只有汽车防冻液里才有的。"

妈妈说："我家没有汽车啊，我们所有的亲戚朋友都没钱买汽车啊。哪里有什么汽车防冻液？"

医生说："那我们也搞不清楚。不过，你孩子的检查报告让我想起一则美国的报道来。在美国的一个家庭，有一个小孩好玩一样，抱着一瓶汽车防冻液玩，后来，邻居偷偷地逗他玩，告诉他里面的东西非常好吃，很香，就让他把瓶子打开。那孩子居然吃上了瘾，一有空，就偷吃。结果不到一年，就死了。邻居也被判刑了。我想告诉你的是，是不是哪个对你家有仇怨的人，故意将这个给你孩子吃呢？"

妈妈断然否定。儿子本来就不能正常走路，经常抱在手上，自己也因为孩子，辞职了，一心带孩子。偶尔小姑也会来帮忙，但小姑绝不可能把汽车防冻液给他吃。她也不知道什么是汽车防冻液啊。

只好去北京上海的大医院彻查了。

结果是一样的。大医院的医生说："人体内本不该含着甲基笨二酸，这只是汽车防冻液里才有的物质，但你的孩子含量太高了，严重影响到了生长发育。他的智力，仅仅停留在两个月大的水平。"

妈妈惊问："这到底是怎么一回事呢？是不是一种病啊，能不能治？"

医生说："你平时都给他吃什么？"

妈妈说："鸡鸭鱼肉什么的。我们家里并不富裕，但为了孩子，要我们做什么都愿意。"

医生说："你这是害了他啊。你孩子患的是一种罕见的甲基笨二酸尿症，不能将吃进肚子里的蛋白质转化成营养物质，反而，保留了甲基笨二酸。现在，当务之急，是给孩子作脑干细胞移植，让他在智力上先正常起来。以后饮食方面要千万注意，不能给他吃高蛋白的东西，要加强维生素 B_{12} 的摄入，多吃低蛋白高热量的食物。"经过脑干细胞移植手术，儿子正常起来了，不但会展示天使般的笑容，不久，就会叫妈妈爸爸了，会鼓着嘴说："不要！"

可是，亲爱的孩子，如果你早一点会说不要，那该多好呀，如果早有人告诉妈妈，不要以爱的名义往你嘴里送对别的孩子来说的营养对你来说却是毒药的鸡鸭鱼肉汤，那该多好啊。可是，这个世界不相信如果，也没有如果。

妈妈不知道汽车防冻液，妈妈更不知道世上还有这么一种离奇的病症。妈妈只是爱你，那么的爱你，爱到可以不顾自己，可以以自己的生命去换你的健康。妈妈真不是想害你，却是无情地伤害了……

世上最大的悲哀，莫过于最爱孩子的母亲，将一种汤汁往孩子嘴里送，以为是蜜糖，可它却是毒药吧。

以爱的名义伤害，不如，以不爱的名义来爱。懂你，比爱你，更让那一份情弥漫着芬芳，更让亲情世界，多一份期待，少一点遗憾。

清晨五点钟的约会

有一次，和同事小王出差到千年瓷都景德镇拍片，马不停蹄，忙得晕头转向。因为片子要赶在景德镇置镇千年纪念活动前后播出，合作方之一的香港凤凰卫视的同行们都拿出了玩命的劲头，准备10天内将长达200分钟的电视系列片的素材全部拍完。按照一般的拍摄规律，10分钟的专题至少应保证两天的拍摄时间。我们将时间大大缩短了，工作压力之大，可想而知。

小王担任摄像兼司机，我们收工后，还可以在车上小睡一觉，而他还要打起精神，小心驾驶。那时，我们每天早上7点从驻地出发，中午只休息一个钟头，晚上则连夜加班至凌晨两三点。一天下来，只能睡四五个小时的囫囵觉。为了坚持到底，小王每餐饭前，吃起了蓝色小药丸——消炎片。他说，人太困了，怕炎症缠身，影响工作，就主动吃消炎药预防。

就是这么一个“特困”的小王，居然有一个离奇习惯，让我苦不堪言。他每天清晨5点准时起床，在卫生间一通洗漱，因为快，那声音大得出奇，每次都要把酣眠中的我吵醒。

我在朦胧中问他：“大清早的，你要干什么？开工了吗？”

小王从泛着红光的卫生间里，扔出一句话来：“你睡你的，不关你的事。”

果然不关我的事，他洗漱完后，什么事也不做，又倒头睡去。我不知道他究竟是为了什么，不抓紧时间好好休息，偏要这么繁复地折磨自己，折磨他人。

被我追问得紧，小王终于道出真相，原来，这都是他不到一岁的小女儿逼的。在家的时候，女儿每天清晨5点都会准时哭闹起来，声如电铃，大闹天宫。她是饿了。小王准时从睡梦中醒来，泡好奶粉，抱起女儿喂奶。吃完之后，这个可爱的小家伙就乖乖地睡觉了。

天天如此。

小王说："每天为女儿喂奶，都习惯了。出差到这里，一时还改不了，每天早上5点都会自动起床。当然，我也是太想女儿了。"

这就是父亲——清晨调奶粉而不知疲累不叫厌烦义无反顾的父亲！

一时间，我难于理解，以至女儿出生，才真正懂得，小王每天5点折磨自己折磨他人的举动，不是烦恼，不是痛苦，而是一场幸福、甜蜜的约会。

女儿在妇产医院只待了一周，回到家的第二天凌晨，她大哭起来，一贯贪睡的我，一骨碌爬起来，把她抱在怀里，妻子在床头轻轻地说："把尿。"我嘘嘘数声，替女儿把尿，睡意全消了，换在以往，这都是不可思议的——清晨时光好睡眠啊！

有一句话是这么说的："女儿是父亲前世的情人。"也许，我们是前世欠了她的，所以，她才这么报复我们——在我们最需要睡眠的时候，无情地将我们叫起。的确，这有点"惨无人道"的味道，而我们却是欣然接受，快乐无比，并且把它当做一场人生的幸福约会。

清晨5点的约会，是一首诗，婉约动人，同时，又是一幅画，美不胜收，它构成一座座富丽堂皇的圣殿，名字叫父爱。

声控开关

儿子今年5岁，已经对世界有自己的看法。而我并不洞悉他奇妙的内心世界，总是认为他调皮捣蛋，专搞破坏。

我的工作性质决定了大部分时间在家里办公，坐在电脑前搞策划、做方案。每当我哈欠连天的时候，儿子就会神奇地冒出来，冲我喊："爸爸，你是不是很累呀?"我便没好声气地对他说："不累，别烦我了，我还要挣钱给你买玩具呢!"儿子就学着我对他说话的口气，对我劝道："太累了，就去睡一觉。"我当然不会听他一个毛小孩的话.

见自己的话不起作用，儿子有时就来蛮的，给我关电脑。有一次，我起身去冲咖啡，儿子居然不声不响溜进书房，把电脑电源给关了。他尚分不清关电脑和断电源的区别，但知道效果是一样。而我却被他害苦了，辛苦一宿弄出来的资料，全给毁了，气得我直跺脚。儿子却在一旁直乐。我气急败坏，在他屁股上猛抽了一通。他由笑转哭，一副很痛苦、很可怜的模样。

从此，儿子变乖了，再怎么调皮，万不敢断我电源。

生活的苦累继续，儿子不再管我了。每次我累得哈欠连连，儿子就从客厅嚷嚷："关！关！关!"我被上次事故吓怕了，忙问他："儿子，你要关什么?"儿子说："我的'汽车'撞车了，你看咣——咣——咣——"说时，他眼神不定，心虚得不行。

那天，我去幼儿园接儿子回家，阿姨直夸儿子聪明。她说："你儿子真聪明，要发明声控开关专门关电脑，很有创意吧。"以往，我晚上带儿子上楼，总让他大声叫"开"，楼道的灯便依次亮了，耐心地告诉他，过一会儿灯自动会灭，这样一来就既省电又方便，这就是声控开关。真没想到这小精怪居然有这么一个天才设想。

我问儿子：“你怎么会想到发明声控开关来关电脑啊？”

儿子的回答让我感动：“爸，你每天对电脑太累了。我要是发明成功，说关就关，你就可以歇一会儿，你还不会打我。”

想起儿子在我疲惫的时候，一遍遍地喊：“关！”我明白了，那正是一个幼小的心灵所能盛下的最大的爱，对父亲的关爱。

那一刻，我心醉了，为儿子那个天才创意和那颗富于关爱的心。

救命的尼龙绳

正和六个月大的女儿玩耍，手机响了：“队长，南门那边发生一起重大抢劫案，案犯已逃走。局长请你迅速归队，投入抓捕战斗。”

队长警觉地问：“是不是南门那间储蓄所被劫？”那头说：“不是，一位老太太被抢了100块钱。”晕，抢劫100块钱，居然搞得像银行大劫案似的。职业的敏感让他想到持枪抢劫，顾不了那么多，火速赶到刑侦大队。局长正在布置任务，听了半天，没有一个字是关于追捕的，尽是安抚与善后安排，他的心为之一沉，这么一个金额不大的劫案，结果却是极为沉重的，出现了人员伤亡。

很快就锁定了犯罪嫌疑人，队长与一名队员将之围困在城郊南山一座废弃的采石场。

劫犯原是这座采石场的工人，场子关闭后，没有了生活来源。他的老婆狠心地丢下他和一个半岁的女儿，去了南方，再也没有回家。

劫犯面对队长，背对采石场后的人工悬崖，跪地求饶：“不就是抢了100块钱吗？我现在还回去还不行吗？你们为什么非逼我走绝路不可呀？”

队长对他喊话：“你知道抢了什么人吗？一个寡居多年又没有任何收入来源的老太太，那100块钱是她的一个月的口粮啊！她被你抢劫之后，就自杀了。我把你带回去，就是要给被害人一个说法。”

听到这番话，劫犯背脊发凉，疯也似的跑开了。队长见势不妙，拔出枪来，对着他脚下的乱石堆射击，阵阵枪声，层层灰土，气氛陡然紧张起来。劫犯不管不顾，亡命天涯。见鸣枪无效，队长带着队员追了上去。

也许是被枪声吓怕了，劫犯跌倒了，队员扑上去，一把将他铐了起来。就在这时，队长一脚踩空，滚下崖去，困在了乱石堆里。见队长的裤子上渗出血来，队员二话没说，一把将劫犯铐在松树上，自己也爬下山崖去，设法营救。

这是一座被采空的石山，再下去，是无底的深谷，下来后，想爬上去就非常难，更何况队长还身负重伤了。队员掏出手机，向队里求救，却发现，没有半格信号。现在，他们俩困在乱石堆里，除了死等，一点办法也没有。

上面，劫犯大声说："警察同志，把手铐的钥匙扔上来，我去找人来救你们。"队员呵斥道："别做美梦了，我把钥匙给你，你立马就跑没影了。"队长说："扔给他吧！"开了锁，劫犯冲他们做了一个鬼脸，用怪腔怪调说了一声："拜拜！"然后就跑没影了。

队员大骂了劫犯一声，转而对队长说："我说过，这人肯定会跑掉的！"

火热的太阳当头照，热气从乱石堆里往上冒，他们就像在巨大的石蒸笼里蒸烤。队员给队长进行了简单的包扎，血水混着汗水还是不停地渗出来。队长的脸色渐渐惨白了。队员向着空洞的山大喊："来人啊，救命啊！"喊破喉咙，也只喊来山鸟啁啾的回应，以及山谷单调的回声。

过了许久，从山头扔下来一条粗长的尼龙绳，接着露出劫犯那张不断冒汗的脸，他说："让你们队长抓住绳子，我先拖他上来。"

两人被拖上来后，劫犯背着队长走下山，那里110和120正等着呢。原来，劫犯离去之后，不但找来绳子，还主动报警，叫来救护车。医生说，再晚来一些时候，你们队长可能就会因失血过多而死。

劫犯入狱之前，特意来看望队长，问他："你当时放了我，真的不怕我跑掉吗？"队长说："因为我知道，你像我一样，也有一个半岁的女儿。男人做了父亲，就能担当。不是吗？"

第三辑

世情如烟

一个老人创造的奇迹

在新疆博格达山峰之麓，有一个叫“包家糟子”的小村，村里有一个叫吴庭德的老人，他是茫茫戈壁滩一个普通的再也不能普通的老人。他以放羊为生，和村里所有的老人一样，平平淡淡地步入人生的暮年。

吴庭德一大把年纪，生活本来就比较困难，如果说他会创造奇迹，村里人异口同声地回答：“就他？不可能！”换了你一定也会如此斩钉截铁地说，是啊，这么大年纪的老人，大半辈子都这么平凡过来了，怎么可能创造奇迹呢？

1993年的一天，吴庭德老人赶羊到村子南边百米远的地方，看见一群陌生人在竖一块木牌。陌生人开着汽车走了，老人上前一看，只见上面写着“亚洲大陆地理中心”八个大字。他微微一笑，陷入了沉思。他想，既然是中心，那一定不简单啊！那一刻，他作出了一个不简单的决定；每天守护这个中心牌。

白天放羊的时候，吴庭德就守在“亚心”周围，看着它不受牲畜的破坏。下雨怕它淋着，晚上怕它冻着，他就不辞辛劳，每天趁着夕阳西下，把木牌背回家。第二天一大早，他又搬回去，端端正正地把它插好。家里人笑他太傻，国家又不给一分钱，凭什么像看宝贝一样看着它。村里人笑他太痴，一块木牌值得那么神经兮兮吗？吴庭德把那些冷言冷语作耳边风，执著地守望“亚心”。

亚洲中心设立之后，许多游客从世界各地赶来，尽管只是一块孤零零的木牌，他们也看得十分高兴，毕竟与亚洲的地心零距离了一番。游客们参观“亚心”，免不了和吴庭德老人聊上几句。茫茫戈壁，在这亚洲中心的位置，吴庭德成了唯一的活风景。为了让游客沾上地心的气息，吴庭德想了一个办法，每天砸一个小石头，把小石头砸成动物的模样，然后再砸出“亚洲中心”四个字。他把这些个亚心石低价出售给来参观的游客。老人砸出的地石心简单得近乎石器时代的遗物，然而，照样卖得火。

4 年过去了，老人靠亚心石赚了一笔钱。就在这一年，国家投资 150 万元，做了一座高达 14 米的亚洲大陆地理中心塔，四个 A（亚洲英文单词的第一个字母）形柱子合在一起，直刺云霄，中间垂一个巨型圆锥，直指亚洲地心。慕名前来参观的游客骤然增多，家人期待吴庭德多砸出一些亚心石来卖，肯定能赚大钱。

然而，吴庭德老人不但没有上交石钱给家里，反而把家中 40 只羊全卖了，所得的钱买了 4 块雕石狮的石料。从此以后，老人每天在亚心塔旁，一斧一凿地雕刻石狮。两年过去了，他雕出了一雄一雌两座栩栩如生的石狮。他对游客说：“我怕亚心塔太孤单了，就雕了这两只石狮，一个代表成吉思汗，一个代表文成公主……”

值得一提的是，吴庭德老人压根没学过雕刻！

一百美元的诚信

全球金融海啸引发的多米诺骨牌效应，终于结结实实地落到了他的头上。收拾行囊，他回到了江西，在去往老家之前，约请我吃了一次便饭。

他是我得意门生之一，其就业事迹及工作照片上了是学校各类海报。短短三年，他从一名小职员，做到了厦门一家船务公司的执行董事兼总经理。席间，他说："陈老师，不是我在公司呆不下去，大潮之下，谁人都无法抵挡。"他递交辞职报告之际，董事长再三挽留，但黯淡的前景，无法让他选择留下。

他想出来闯一闯，做些自己的事情。

我问他："你接触的人多，见的世面广，这些年，你印象最深的是什么呢？"他说："一百美元。"

接着，他给我讲了一个一百美元的故事。

前几个月，他接了一艘来自美国波士顿的船，彼得跟的正是这船。这个美国小伙子，和他一样，毕业没几年，是个新手。彼得是个"中国通"，一下船就拉着他去酒店，嚷嚷着要"搓一顿"。这个美国小伙子似乎很懂，中国人做生意大都是在吃吃喝喝中完成的。

这一点，让他倍感新奇。他在船务公司结交来自全球各地的人，不计其数，欧美的生意伙伴，公私相当分明，可以是情义深厚的朋友，但涉及花费，都是公平的AA制。那一次，彼得请他吃饭，外加在酒吧喝酒，花掉了七八百美元，硬是没让他掏一分钱。醉意之中，他觉得这个美国小伙子，很谈得来，够哥们义气。

后来，他一直忙公司的事，想回请的时候，彼得的船已卸装完备，准备起航回国了。他追到码头的时候，公司财务经理也追了过来，对着站在甲板上的彼得高喊：“彼得，您少交了一百美元。”作为领导，他拦住了财务经理，对她说：“算了，这个钱我来付！”他对着渐行渐远的货轮，冲彼得喊：“欢迎再来中国，我请你喝酒！”彼得一边挥手，嘴巴一张一翕，却不知他在说什么。

这时，彼得返回舱内，用海事卫星电话，与他联系起来。

彼得说：“LULU，对不起，我想起来，少交了一百美元，请你原谅，回国后，我一定打到你公司的账务上。”

LULU，是他的英文名。他说：“不用了，我代你补齐就行了。没事的。”

彼得说：“这不行，这个钱我一定会汇过来。你放心好了。与你喝酒，我很开心，期待下次见面。”

返回公司，他自己掏出一百美元垫上。

之后，他辞职离开公司，到上海广州深圳考察市场，为未来寻找机遇。到了深圳，有一天，他接到彼得从波士顿打来的电话：“LULU，终于打通你的电话了，找到你真不容易嘛。快告诉我，你的私人账号，我要将那一百美元给你汇过来。”

原来，彼得已将一百美元打到公司财务上，但是，因为他将这一欠账给填了，公司又给退了回去。彼得又通过多种途径，才找到他现在的手机号，并执意要将钱汇过来。

这样的诚信，是生意场上最耀眼的钻石，是乌云之上光照天下的太阳，更是我们摆脱危机，安身立命的法宝啊。

种妈妈

老家老了。

老得只剩下老人拖着寂寞的影子拉扯着孙子孙女，在寂寥的村巷里，走来走去，抑或，一老一少，在广袤的田野踯躅。

村小学校来了一位年轻的女大学生来支教，教孩子画颇具时尚元素的四格漫画。

孩子们没有绘画基础，除了语文数学和唱歌，他们从来不知道还有别的课程。清明节，回到老家，翻开一个应该叫我爷爷的小朋友做的四格画图作业，凌乱的线条，毫无规则和美感的色彩，让我有些迷糊。

孩子说：“爷爷，你知道我这里画的是什么吗？”

我说：“不知道。你能帮我讲解一下吧？”

孩子指着画，一格一格地给我讲解。

第一格。春天来了，万物睡醒了，农民开始播种了。我也挖了一个坑，就想呀，我该播种什么呢？

第二格。想了很久，我想我要种下一个妈妈。

第三格。夏天，我像爷爷一样，施肥浇水，希望种下的妈妈开花结果。

第四格。秋天来了，我收获了好多个妈妈。一个为我做饭，一个帮我洗衣，一个带我上学，一个陪我玩……好多好多。

那一刻，我的心咯噔一下，酸楚从心底泛滥开来。一个年幼的孩子，本该在妈妈怀里撒娇，而妈妈却为了生计年头出门年尾归，长年在城市打工，把孩子丢给年老的爷爷奶奶带。

我问她：“妈妈种得出来吗？”

她说：“种得出来，过年的时候，妈妈就被我种出来了。妈妈还会给我买很多很多东西。”

我也是孩子的父亲，当看到这个老家的堂孙子，五味杂陈，空气里流淌着苦涩。普天之下，还有多少这样想种出一个妈妈来的农家孩子呢？

天下的孩子怎么能没有父母守护，没有完整的父爱母爱包裹着呢？又有哪个父母愿意被孩子下种呢？

如果说种妈妈是一种愿望，那这一愿望，未免太酸涩了。

迟到二十年的感恩

经常接到老家来的电话，它们就像一张无形的网，让我一刻也脱离不掉那浓得化不开的故土情结。他们的电话，形形色色，五花八门，概括起来就是“求助”二字。有让我给他订火车票的，有让我带他去医院看病的，有要我帮忙写告状信的，有要找活儿干的……

这天，我又接到一个电话，一看区号就明白，又是老家来的。听声音，他有六七十岁的样子，略显沙哑的嗓音，透着久经岁月的沧桑，他疑疑惑惑地问：“你是志宏不？”接着，解释他自己是谁，说了半天，我仍没搞明白他是哪一位。

信道两边，有些布满僵冷，握着手机，我平添不耐烦，没好声气地对那边说：“有什么事，你就说吧！”而他答非所问：“我是你家屋前面三幢屋里的。”

这么一说，我彻底明白了。是他，那个与我家曾有过过节的人家。他的声音渐渐在我脑海里倒腾出20年前的儿时记忆。

那时，我家建新房，用父亲的话来说，占了他家巴掌大的一块菜地，而他坚决不许，提出要我家拿最好的一亩责任田来换。父亲当然不同意，只答应拿桥头的水田用双倍的面积来抵。他家也不同意。后来，父亲就强行开工了。

那时，我已在乡里念初中，并不知道家里闹到什么程度，姐姐给我复述那场混战，听得我胆战心惊，心里燃烧着愤怒与无奈。

几年后，他们一家人就迁往县城，把自家所有的田地房屋等全扔在了老家，争来争去，只是一场空。

“今天给你打电话，是想请你娘来我们家喝杯酒。”他在电话那头真诚地说。

我心想，莫非是想化解20年前的仇怨？俗话说，酒杯一端，心胸放宽嘛！他的回答让我十分吃惊，他说：“我孙子正月初九办结婚酒，你娘是贵客，她一定要来。我孙子三四岁的时候掉进粪窑里，你娘恰好路过，把他拉了上来。一定要来，我们一家要填谢一下的。”

转身跟母亲说起此事，她已记不大清了，只淡淡地说：“好像有这么一回事。”我掐算了一番，母亲的施救与他家的结怨，在时间上纠集得紧，结怨在先，施救在后。

我问母亲：“在那种情况下，你可以完全不闻不问地走过去，为什么要救他呢？毕竟，两家是结了仇怨的。”

母亲生气了，厉声喝道：“你怎么能那样想？那是一条命啊！”

我羞愧了。对于恩怨情仇与生命的话题，在母亲面前，我太过肤浅了。

因为是正月，车难坐，路难行，母亲并未成行，那一餐“填谢”的喜宴未能亲赴。

开春后，我又接到老家来的电话，是找我帮忙带路去医院看病，见面后，来人先奉上一个红包，说：“这是你家屋前面三幢的那个叔，给你娘的。你娘没去喝酒，但礼数要到的，每个去喝酒的人都有120块‘打送’钱的。”

拆开红包，里面是12张整齐的拾圆纸钞。我不由得想起他在电话里对我说了那句“一定要来，我们要填谢一下的。”有一句话说，重恩不言谢。母亲对于他的孙子而言，是有救命之恩的，却在此后20年的岁月里无声无息，甚至，在他们一家移居县城后，再也没见上一面。然而，当孩子长大成人，经历人生大喜之时，他的爷爷，那个与我家有过冲突的老人首先想到的是要邀请我的母亲入席。在这种场合，一杯酒，是无声的感谢，亦为至高的感恩，最高的礼遇吧。

哪怕，它迟到20年。

就让世界少一点恨

幼年丧父，老来丧子，都是人生极端的悲事。

他家财过亿，是市里最著名的私营企业家之一，处世低调，乐于慈善事业，但仍没逃过劫难。在一个清寂的寒夜，他的刚过20岁生日的儿子，被一个歹徒杀害了。凶手明显是冲着他的钱来的，却阴差阳错，对他儿子下了毒手。警方投入精干力量侦破此案，却是一无所获。杀害他儿子的凶手，逍遥法外，警方和他，都无可奈何。

他的天空，从儿子遇害的那天起，就彻底塌陷了。如果罪犯一天不伏法，他就一天也不得安宁，死，也不会瞑目。咬咬牙，满含怨怼，他抛开一切，毅然决然地走上了漫漫追凶之路。

他以一个刑侦门外汉的身份，全身心地投入，搜集缉凶线索，不放过任何蛛丝马迹。他觉得，能进自己家门的行凶的人，无外乎自己的亲友。于是，他要求警方对自己所有亲友，过筛一样，接受审查。最先受不了的，是她的第二任妻子。她无法忍受丈夫对她的怀疑，这比怀疑她红杏出墙，更让她感到恐怖万分和不可思议。她不缺钱花，娘家人，也不在乎她的钱，根本不可能无耻地向他家要钱，更不可能丧尽天良般地杀害他与前妻的儿子。

在警方公开她无作案时间和动机的那一天，她和他离婚了。

接着，他把怀疑的目光投向自己的三个儿女。儿女们愤怒到极点，以死相逼，拒绝警方前来调查。即便这样，他还是一个一个把他们送进警局，接受全面调查。

在警方公开其他几个儿女无作案时间和作案动机的那一天，儿女们和他彻底疏远了。

最后，他把怀疑之网，撒向公司所有员工。

警方忙乎了很久，仍是一无所获。

经过这么一折腾，他的公司元气大伤，关门的关门，停业的停业，继续支撑的，也是勉强保本度日。亿万家财，如溃堤的洪水，一泻千里。但年过半百的他，并没有停止追凶行动，索性放下手中的所有业务，一个人走南闯北，打听凶手的下落。

他在报纸、电视上发布广告，印发百万份传单，告知天下，如果提供有益线索，愿付给百万酬金。一年过去了，一点消息也没有。

这天，他接到一个电话，声称知道他儿子被害的线索，但要先预付10万元酬劳，再谈其他的。为防止敲诈，他迅速报了警，然后，二话没说，提巨款与那人见面。

那人和他接头的那天，警察布下天罗地网。当那人告诉一些案发现场的情形之后，他便认定了：此人正是凶手。因为那人所述的所有细节，除了他和警察，没有任何人知晓。

警察当即将那人抓获，经审讯后，凶手招供了作案的全部经过。

杀害儿子的凶手，伏法了。他也彻底解脱了，对着儿子的遗像，长燃三炷香，告慰儿子的在天之灵。

那一天，他走出儿子的久不曾撤去的灵堂，向第二任妻子，向其他的儿女，请罪。他单腿跪地，请求前妻，请求儿女们原谅。

亲人，永远都是心与心相连的。更何况，这个头发花白，一脸倦容的亲人呢？亲人们打心里都谅解了他，亲亲热热，又恢复了往日的安宁与和睦。

然而，一波未平，一波再起。

当他从警方得知，杀害儿子的凶手，妻子早逝，家中还有一个无人扶养的年仅五岁的儿子。他特意去看了那个小男孩，然后，就把他接回家，并当着家中所有亲人的面说，要收养这个可怜的小男孩。收养十个百个孩子，收养世上任何一个孩子，家人都不会有任何反对意见，但偏偏无法接受眼前的这个小男孩，尽管他看上去那么可爱，眼睛明亮如缀了宝石，笑起来有浅浅的酒窝，煞是好看。但这孩子是仇人的儿子，是杀害自己亲人的凶手的儿子，怎么能接受他，怎么能把他扶养成人呢？

他说："我散尽家财，千里追凶，为的是什么？为的是让我和我们家人，在这个世界上不要有遗恨。为的是告慰儿子在天之灵，为的是让我减轻老来丧子的痛苦。凶手罪有应得，是死有余辜，但是，他的儿子是无辜的。这个孩子一个人活在这个世上，长大后，一定会恨透这个世界，甚至恨世上所有的人！我希望人间少一对冤家，少一份仇恨，多一份理解，多一份真爱！”

家人不再言语，而心里，明显有了一层隔膜，甚至，儿女们都觉得父亲在这些年的追凶过程中，是不是精神变得不正常了。

他看出了家人的不满和疏远，毅然立下字据，从自己的存款里，提出50万元，用于这个孩子的抚养费和教育费。家人越发觉得他无情了，原本就存于心间的距离，便越拉越大。家人疏远了，他一个人活在孤独之中，与那个凶手的儿子，形影不离。

有一天，他突然离开了人世。医院的解剖结果是，他因突发脑溢血而死。这些年长期在外漂泊，不规律的生活，使得他高血压宿疾，雪上加霜。

亲人们在整理他的遗物时，发现几本厚厚的日记本，那里，全是他追凶的日记。

在一本日记本中，最后一页，他是这样写的：“幼年丧父，中年丧偶，老来丧子，是人生的三大极端悲事，后两项，我全体会到了，太悲苦了。我不想这个世上的任何人再去体验这样悲苦。所以，我要收养这个孩子，毕竟，他是无辜的。世界是大爱的世界，就让世界少一点恨，多一点爱吧。我相信，亲人们，终究会理解我的心，会善待那个孩子的！”

看到遗像上他露出的浅浅笑容，亲人们泪水涤荡着遮山的雾罩，让他们看清了世间情，读懂了“大爱”二字。活在世上的亲人们，牵着那个可爱的男孩的小手，一路流泪一路泣，引到灵堂，伴着悲凄的哭声，嘱他跪下。孩子很懂事地磕了三个响头，对着他的遗像清脆地喊了一声：“爷爷——”

然后，他和亲人一样，哭得昏天黑地。

钱包传递的温情

一场冬雨，天就由凉变冷了。风有刺骨的味道，雨落在地上，四溅而出的冰冷，寒彻周身。一大早，迎着风雨挤公交车，赶去长途汽车站接姑妈一行。他们从乡下来，准备去省城的大医院作进一步地复查，念及我居城很久，才叫我陪同前往。

打车领着姑妈一行人去医院，到达目的地，一掏挎包，心顿时凉了半截：我的钱包不见了。一定是在挤公交车的时候，被小偷扒掉了。居城数十年，一直都小心提防着小偷，虽说丢过东西，但钱包却从来没有丢失过，今天，却在这么一个节骨眼上，被人偷了钱包。实在是窝火。钱包里现金也就几百块，这倒是小事，关键是身份证、各类银行卡、各式服务卡、VIP 卡等，要补办，那多麻烦呀。尤其让人揪心的是，身份证和银行卡都在小偷手里，里面的资金很可能全部被盗走。老天，那可是我全部的积蓄啊。还有信用卡，他以身份证为据，去密码挂失，再重设密码，然后恶意透支……想想就背脊发凉。

这么想着，就没心思陪姑妈去看病了，一边陪着上蹿下跳，一边给银行公安等处打电话，报警挂失。这时，一个年长的男子向我走来，他说："我也是来陪家人来看病，看你火急火燎的，要不，你去忙你的，我来陪你亲戚吧！"莫名地，我感动万分。

在公交派出所报案的时候，我接到一个陌生电话，一听，是那位好心的陌生男子的声音，他说："你姑妈的结果出来了，这边你就放心好了。你表哥要跟你说两句。"然后，我就听到表哥的声音："他说我的手机是长途漫游，硬是要拿他的手机给你挂电话。"刹那间，我的脑海里浮现出他和蔼的笑容，尽管，此时我仍不知道他叫什么名字，做什么工作。

姑妈的结果很不好，是胃癌，最终确诊，还得等生理切片结果出来。而我的情况也非常不好，公交派出所联系所有的反扒队员，毫无消息。

送姑妈一行回老家，我感觉十分无助，本来，长辈头一回来南昌，我该热情款待才对，却没想到出了这么一碴儿事，反倒事事处处她老人家在替我张罗。上车后，表哥打开车窗对我说："是我不好，不该那么急促地催你，真对不起。"内心充盈着那个陌生人的温情，我平静多了，一个劲地宽慰表哥："没事的，没事。你一路顺风啊！"

一转身，我接到一同事的来电，他问："你是不是丢了钱包呀？"我十分纳闷，除了姑妈他们，还没有谁知道我被偷的事呀，同事从何处得知的呀？我惊问："你怎么知道的呀？我今天倒霉透了——"我还没说完，同事说："刚刚有人打电话到我们办公室，说是捡到了你的钱包，并且留了联系方式。"

我的第一个反应就是，这其中是不是有诈呢？

离约定见面的时间近了，我打电话给公交派出所，寻求帮助，那边说警力有限，也没车辆，无法配合，转而打110，那边只给我重新报了一遍公交派出所的电话，让我与他们联系。无奈之下，只好一个人去见面，就算是敲诈，我也认了，我太需要我那些证卡了。

华灯初上，我在长途汽车站大厅前，见到了他，那个声称捡了我钱包的人。是个年轻男子，瘦长的身材，挺括的脸，用一种极为纯净的眼神看着我。他略带羞涩地说："你这个钱包是我捡的，里面没有一分钱。我看里面卡很多，还有身份证什么的，丢了可惜，你一定着急。顺着你的VIP卡的联系方式，才打电话到你单位。"他把钱包还给我，顺便还递给我一张名片。是一个装饰公司的水暖工。我问："让我如何感谢你呢？"我手里一直攥着向表哥借来的两百块钱，准备送给他。他说："你不用这么客气。要是向你要好处，我就不会来还你东西，而会直接扔掉。"说完，扭头就走了，消失在城市灯火与人潮里。

那短暂的一瞬，我为自己的所思所为，感到羞愧难当。

沉默不是拒绝

一位画家想通过一家名为艺林的画廊举办一次个人画展，以给自己的创作做一次小结。并借此机会推销自己，提高自己的知名度。

画家找到负责艺林画廊的王女士，拿出自己的作品目录和部分作品的影印件给她审阅。王女士翻看的时候，频频点头，好像很满意。画家心头一热，感觉这事十有八九能成。

王女士把东西还给画家后，不无遗憾地说："您的画作过于高雅，与我们的画廊风格不大一致，不过，我们可以再考虑一下，你回去等消息吧！"画家解释了一番，无奈地走了。

画家没有等到王女士的任何消息，忍不住打电话去问，她还是那句话；"你耐心地等一等！"等了一年，画家空守无望，王女士像在地球上蒸发掉了一样。他再次登门找她的时候，画廊的工作人员告诉他，王女士已离开了这里，去南方创业了。

画家准备好了所有材料，又一次递给了艺林画廊。这回是一位姓彭的先生接待了他，彭先生对画家的画作很赞赏，允诺道："有消息我会尽快通知你。"

画家只好回家等通知，可等了一年连通知的影子也没见到。他实在耐不住，找上门来，向彭先生咨询。

彭先生说："实在对不起，让你久等了，由于画廊内部的原因，业务暂时无法开展。很抱歉，你只有再等。"

在等待画展开展的日子里，画家在沉默和寂寞的陪伴下，耐性日臻完美，画技也突飞猛进。

由于画廊的生意不景气，艺林被一家更大的展览中心吞并了。他的画展又搁浅了。画家得知此消息，大为不悦，但他并没有泄气，依然物我两忘地作画。画家做事有头有尾，写信给那家展览中心，打听自己画展的情况。该中心的官员挺客气地回了信，并约定在某天见面。

时间来到，画家接到电话，说是领导忙，约见取消，希望能等一段时间。画家只有再等。寒暑易节，画家只等来或冷或热的风，不禁心一横，置之不理。

万般无奈，画家准备放弃画展计划，这个时候，接到一个电话，是王女士打来的。她告诉画家，她在南方××画廊，希望画家支持一下，举办一次个人画展。××画廊是画家心中的圣地。在那办画展是实力展示，更是画家的荣誉。

手续很快办妥，迟到近5年的画展终于开展了。画展引来好评如潮，画家一举成名，成了实力派画家。

沉默是一种考验，而不是拒绝。

当一个人在事业、爱情、生活上遭遇沉默的时候，绝望地放弃是愚蠢，观望一样净等是痴傻，唯有积极的创造，才是最佳的回应。沉默中的爆发是无声的威力，热闹中的成功有不可言破的轻飘。由此可见，沉默具有沉甸甸的分量。

爱的纸阄

中专毕业那年，我南下深圳，在宝安一家建筑工地找到一份轧钢筋的活儿。和我一起干活的大都是四川人，他们说说笑笑，让我这个寂寞的江西人时不时地想起伟人邓小平幽默风趣的讲话来。

轧钢筋是既费力气，又得掌握技巧的活，我迟迟没掌握到诀窍。四川小伙子邓子奇是个老手，手把手地教我如何做事。由于工作上的关系，我俩渐渐成了好朋友。

邓子奇的女朋友就在工地附近的一个电子厂上班。她休息的时候，就会来工地找邓子奇玩儿，时间久了，我和她也熟了。

她最喜欢玩抓阄的游戏。每次吃完饭，她就向邓子奇撒娇："咱们来抓阄，谁抓到'洗碗'谁洗碗！"然后，她就冲我说："秀才，帮我做两个纸阄吧！一个洗碗，一个不洗碗！"

邓子奇的手气总是不好，老抓到"洗碗"。每次抓完阄，他的女朋友都高兴得手舞足蹈，还不忘叫我一起来分享她的快乐："秀才，把你的碗拿来，让邓子奇洗！"

这天，我突发急性肠炎，住进了医院，在病房输液。当我感到极度孤独的时候，邓子奇的女朋友推门来了。她是唯一一个来看望我的人，让我感到十分温暖。

她说："秀才，我说你明天准能好，信不信？"

我说："没那么快吧！"

她笑了，说："要不你来抓阄。"

当我从她小巧的手上抓起一个皱成一团的纸阄，心情特紧张，拆开一个看，露出一个歪歪扭扭的字：好。她拍着巴掌，说："噢，你明天会好！"

我出院的当天，工地上出了事故，邓子奇摔成重伤，送往医院抢救。他躺在病床上，脸色惨白，眼里流露出极度的恐慌——那是人急切想活下去的本能反应。

他女友安慰道："你别怕，你会没事的。要不，你来抓个阄吧。"她背过我去，认真地做了两张纸阄，送到邓子奇面前。邓子奇抓起其中的一个，展开一看，是一个"好"字。他的女友兴奋异常，拍手欢呼，这个时候，另一个还没展开的纸阄飞到我的手上。我走到一旁，小心地拆开，也是一个大大的"好"字。我莫名地为一个女孩可爱的伎俩，感动得半晌无话。是啊，这个纸阄已超出了一般意义上的纸阄，它上面承载着沉甸甸的情与爱。

没过多久，邓子奇就转回四川治疗去了，我再也没见到他和他那个喜欢抓阄的女朋友。他的身体到底有没有恢复，因为断了联系，我没得到任何确切的消息。但我坚信，他一定会好起来的，因为他从他女朋友手里抓去了一个好阄。

一帧黑白照

爷爷去世了，奶奶的身影总是在孤独中来去。

世代以做陶瓷为生的他们，面临着市场转向。经济凋敝的困局。一家人决心以研发含章釉为突破口，找到一条摆脱困境的捷径。研究几经失败，家里十分拮据，生活难以为继。

冬天，奶奶舍不得买衣服，单薄的衣衫不抵风寒，哆哆嗦嗦，缩成一团。

他见了奶奶，惊问："你怎么穿这么一点衣服，不冷吗?"

奶奶说："我不冷，你爷爷在我心里，暖和着呢。"

说完，她从怀里抽出一帧黑白照片来，相片里，爷爷正冲她微笑。

对着我们的镜头，孙立新这个景德镇陶瓷世家孙公窑艺瓷坊的第四代传人，尴尬地挤出一丝微笑。然后，他说："我看见了爷爷，看到了爷爷奶奶最深沉的爱，我就有了生活的信心，对研发含章釉就更有劲头儿。哪怕吃再多的苦，我也要把这项研究做好!"

不久，他的研究成功了，烧出来的瓷器兼有陶的色泽和瓷的品质，现代味极浓。瓷品投放市场后，反响很好，一时供不应求。

这帧黑白照，已然是一个世家的精神图腾。人们记住了一个陶瓷世家的后人成功的秘诀：爱、自信和刻苦。

妈妈牌葡萄

出差到一个小城。

这里的人看上去淳朴如一朵未开放的花蕾，笑容里阳光般的馨香之味。人们见面，热情地打招呼，仿佛个个都是亲人似的。久居大都市，习惯了人情冷漠，初来乍到，很不适应。

中午，怀着某种未知的向往和期待，我走进了一家看上去还蛮干净的餐馆，一种从来没有过的良好心情如风暴一般袭来，感觉真好。

服务员颇具田野化，清纯去雕饰。没有迎宾。没有花里胡哨的“你好，请进”。

落座后，一年轻的服务员走过来，用一种夹生的普通话问：“先生，请问您几位？”我说：“就我一位。”然后，她递过来一张菜单。奇怪的是，每一种菜品都没有标注价格。莫非这就是传说中的黑店？看店堂拙朴的装潢，服务员的清纯模样……怎么也不能将之与所谓的黑店扯到一起。

我随意点了一荤一素一汤，外加两瓶啤酒。啤酒产自我所生活的大都市。菜上齐了，惬意地喝口啤酒，环视四周，大厅里竟然没有其他的食客。偌大的大厅，我一人独坐，孤零零的，甚是落寞。来客倒是不少，个个都奔包厢而去。

吃完了，结账单送来，刚刚进店时的那种黑店的预感，终于得到了现实印证。两菜一汤两瓶啤酒，居然要出了天价。这个价格，我可以在这个小县城最高档的酒店住上两三天，可以在我生活的大都市点上十人席三四桌菜。但是，在这家黑店，居然就只够一个人果腹。

我对服务员说：“怎么这么贵？”

服务员的笑有些僵硬，脆生生地说：“我们的菜都是纯天然的。是要贵一些的。”

我说：“我第一次来，能不能给打个折？”

服务员说：“不好意思，老板不让打折。我知道，你是第一次，坐在大厅的都是第一次。”

我压抑不住胸中的怒火，吼道：“你们是不是故意专门宰新客？叫你们老板来。”

服务员就哭了，很伤心地哭。半晌，她解释道：“要是去叫老板来，明天我就不可能来上班了。”她直直地站在那里，泪花四溅。我心再硬冷，再怎么出于愤怒，也不好意思坚持下去。我不想让这么清纯的女孩为我丢了工作。

我掏出钱包，要命的是，现金不够了。她说：“出我们酒店往右拐，正德路口上就有一家银行，你去取吧。”

下楼的时候，服务员没有跟着，就那样放心地让我一个人走。是县城式的淳朴。换在我们大都市，肯定会有人跟随，而且绝不是女招待，一定是剽悍男。这家黑店，就这么放心地让我一个人在没有买单之前出去取钱。

我不想辜负这位女服务员的信任，取完钱，立即回来买单。她泪痕依旧，挤出一丝甜糯的笑，递给我一大袋子葡萄。她说：“这葡萄是我妈妈种的，没有打药没施化肥。也许不算很甜，但一定干净，味道正。”我本没打算接受这份随礼，但见她清澈如碧潭的眼睛里流露出的期待与谢意，就找不到拒绝的借口。

我将这袋葡萄提在手上，临出门，她说：“以后，你不要在这家酒店吃饭，太贵了。老板是××来的，太黑了。”××正是我生活的大都市。我惊愕不已。

没想到，服务员竟然会赠送这么一袋“妈妈牌”原生态的野味，还自揭其丑。太意外。

出门后，我送一颗葡萄入口，味道果真非凡，奇酸，还夹着一股不可名状的涩，本能地吐了出来，满嘴竟然缠绕着奇异的甜和纯正的葡萄香。吃了多年的葡萄，今天才算真正领略到什么叫狂野葡萄味。也许，这就是“妈妈牌”葡萄的味道吧。

眼下，还能遇见多少如此纯正的“妈妈牌”的味儿呢？狗日的大都市。

银行卡的秘密

派出所来了一个黑人。

仔细一看，不像来自非洲某个国家，是纯正的中国人。他实在长得太黑了，脏黑的衣，粗黑的发，黝黑的皮肤，甚至连牙都是黄黑的。黑得够味。黑人在派出所门前徘徊了很久，用异样的眼光打量进进出出的警察，满脸惊慌，眼里充满期待与渴望。

警官张祥关注到了黑人，觉得他一定有事，否则不会这样又急又怕，欲言又止。张祥正在侦破一宗抢劫大案，苦战数月，一无所获。

他走到黑人身边说："你，有事吗？"黑人说："没，没，没有。哎——有，有，有事！我捡到一张卡，喏，就是这张。"

这人上门做好事来了，拾金不昧呢。张祥很是高兴，开心地对黑人说："要交拾物是吗？你进门右拐第一个窗口就是了。"

黑人转身的那一刻，张祥心里打了一个结。

黑人顺着张祥指引的方向，走了过去，对里面的民警说："我捡到一张银行卡……"民警说："好啊，你交过来就好。"黑人慌里慌张的，半天没有接话，也不掏出卡来，愣愣地，僵直在那里。民警急了，提高嗓门，训斥道："到底是你捡的，还是偷的抢的？"黑人高声申辩："真是我捡来的，真不是偷不是抢的！可是，这里面……"

张祥闻声走了过来，打断黑人的话，严厉地说："不偷不抢，那你还不掏出来？"

黑人见张祥，窸窸窣窣掏了半天，终于给张祥递来一张银行卡。他解释说："我捡到这张卡后，在里面存了2万块钱，可我现在取不出来。这可是我所有的积蓄啊！现在，我妈生病了，急等着钱用，怎么办呀？"接着，他哭出了声。

张祥拿了这张卡，到银行里一去查询，结果让他大吃一惊。

回来之后，黑人还在那等着，缩成一团，蹲在地上，张祥二话没说，从腰里取出手铐，一把将黑人铐了起来。

黑人腾地一下站了起来，暗淡的眼神里，喷射出了一团火光，大声地吼叫：“为什么铐我，为什么？这卡真是我捡的啊。”

张祥问：“你知道这卡里有多少钱吗？200 多万啊，可不是你说的 2 万，你还不老实交代？”

黑人无力地摊坐下去，大叹一声：“怎么会这样？”

黑人只好老实交代卡的来历。

这张卡是小时候玩得好的一个伙伴给的，那人现在也在城里。他究竟做什么，黑人也不知道。有一天，那人对黑人说：“你不是说要一张银行卡吗，喏，这一张给你。”黑人如获至宝，从最隐秘的地方，掏出自己积攒多年的 2 万块钱，赶到银行里往这张卡里存。现在，乡下的老母亲生病了，急需要花钱，银行方面说，不知道密码是没有办法取出来的。黑人就天天到银行里闹。银行大堂经理给他出了个主意，去派出所试试看。

谁料，到了派出所，就被铐了起来。

通过这张卡，张祥很快就侦破了那起抢劫千万元的大案。黑人随即重获自由。

张祥很不明白，黑人怎么会往别人的银行卡里存钱呢？黑人最后道出了自己的苦衷：“我没有户口，也没有身份证。所以，就没有办法在银行里办自己的卡。但看到别人都有自己的银行卡，攒到一点钱就存银行，我就好生羡慕。所以，才……”

原来，这位黑人仁兄，是个真正的“黑人”——超生儿，一直没有户籍，原本想方便存钱，却惹出这么一桩麻烦事来。

骚扰电话

不知从什么时候起，我的手机总能接到一些莫名其妙的电话，开头一句都是相同的："贺总吗？"我姓陈，而且不是什么老总，一介穷书生而已。显然是打错的电话。

但是，不止很多地方的一个人，都这样错打了我的电话。有时，我在上课，手机调至静音状态，下课后，回拨未接电话，那头却是："贺总，你终于给我回电话了！"细一看，省内长途，可真冤，我那比油还贵的手机费啊！

终于让我逮住一个错打我手机的女人，问她："你是哪个单位的？"她说："县某某单位"再问："贺总是哪儿的？"回答是："省某某公司。"她老实地告诉我，手机号是省公司内部通讯录上的，反反复复核对，那个所谓贺总的电话和我的手机号码一模一样。

问询移动公司，回答得极为干脆："绝不可能重号，特别是一个城市里，怎么可能，一号卖二主？不可能！"

问题就出现在那个贺总身上。但转念一想，也许是内部通讯录排版出错了呢？

好声好气打电话给贺的公司的办公室主任，反映这一情况。结果令我大吃一惊："贺总本人不想把自己手机号公布出来，随便编了一个，没想到居然与你重号了。"他这一利己行为，明显存在害人之意了。我极为气愤，要求办公室主任再发文，更正号码，否则，起诉贺和贺的公司。她应承，"好、好、好"，之后却一点效果也没有。

错打的骚扰电话依然故我地执著地进入我的手机，没有任何收敛的意思。省内各地都有人打我手机，找那个贺总，有时一天好几个，烦不胜烦。于是咨询一律师朋友，他帮我发了一封律师函，限令贺更正自己给他人带来麻烦的错误举动，否则，将诉诸法律。

仍是没用。

我已没辙，把贺告上法院，怪事，法院都不立案，让我去派出所报案。我们片的派出所，有我一好哥们，他好声好气地说：“有些命案都不好破，你这鸡毛蒜皮的事，就忍着吧。要不你就在电话里狠狠地骂一通那个贺小子，解解气！”

没办法，只好一次又一次忍受着这成建制的系统的强大的骚扰。

这一天，又一个外地打来电话：“贺经理——”

我强抑住烦闷和火气，略带悲伤地告诉他：“你找贺经理啊，他死了。三天后开追悼会，你送花圈来吧！”

我不知道贺那边出了什么事，反正后来，这样打错的电话就绝迹了。

嘿嘿，有时，诅咒还真比法律警察管用，效果出奇的好。

人生的横财

我相信，这个世界从来没有所谓的飞来横财。如果说，买彩票一夜暴富尚有亿万分之一的可能，那么，无缘无故飞来横财的比例，分数线上那个分子永远是零。

但是，他奇迹般的遭逢，让我不再固执己见，我看见那个分数，分数线上的分数不再是空洞无神的“0”，而是一轮火热的太阳。

他是一名普通的中学教师，本当遵循备课上课改作业的惯常轨迹生活，却因为家里哀事连连，万般无奈成了人人见之厌烦的“敲门瘟神”。

他的苦，是极端的苦。先是父亲去世，之后，老婆单位倒闭，一次性领到2万块钱后，工作无着，成了一名职业太太。这些，作为男人，他都挺过来了。郁抑经年，他病倒了，一查，才知得了淋巴癌。他想，自己命贱，拖一拖也许能与癌症相安无事呢。然而，更大的让他感到致命的事情，又出现了——儿子患尿毒症。关键时刻，老婆弃他们而去，撒手人寰。

脚下是一片海一样的苦沙地，而他决心当一棵沙上树，荫泽病弱的儿子。

没钱治疗，儿子定会在不久的将来，和他妈妈一样，永远离他而去。如何恩泽这个被上天判了刑的爱子？他一筹莫展。学校象征性地给他拨了点款，并发动全校师生，为他捐献爱心。然而，与天文数字的治疗费，无疑是杯水车薪。

没有办法，他只好一个人踏上漫漫借钱之途，一家一家地敲门，敲着敲着，就把自己敲成了“敲门瘟神”，人见人怕，人听人怨，哪怕是自己的亲友。不是不想借，而是各家有各家的难，借一点表示意思可以，那么大的数目，谁家也撑不起呀。

“多少借点吧，等孩子好了，他挣了钱，一定还！”

“论辈分，孩子喊你叔呢。借点钱吧，救救他！”

“求求你，借一点。哥们日后我一定还上！”

……

踏破铁鞋，磨破嘴皮，借来的钱，也只是可怜的一些小数目。一个人的深夜，他任泪水流淌着，未来就像这黑沉沉的夜，暗无边际。

就在他伤心欲绝的时候，一张绿色汇款通知单到来，让一切都变了。

盯着汇款人姓名看了许久，他才想起来，这人当年是最调皮的孩子，几乎被所有的老师打入黑名单，但他觉得这孩子脑子灵光，反应快，长大会有出息。汇款留言上写着：“谢谢你当年没有对我失去信心，与别的老师不一样，那么攒劲地鼓励我，说我有出息！”他想了半天，也没想起来，自己曾对他说过这番话。毕竟，自己没教过他，对一个隔壁班的孩子，应该没有过多的交往的。

后来，又一张汇款单寄来了，是他教过的学生。当年，他对这孩子说过一句：“你的作文写得棒极了，长大后会成作家的。”此人没成作家，但已是省报的一名赫赫有名的记者。

也许是记者神通广大，后来，汇款单越来越多，一笔一笔，都是他意外的“横财”。

教师节那天晚上，我在家里看电视，看到了他和飞来横财的故事，一股温暖的气息柔和地包裹着我，让我瞬间感动万分。那些个汇款的学生，当初都是被拉入“黑名单”，判定没有什么出息的孩子，只是，他心怀善良，用家长般关怀，去呵护他们，去鼓励他们，给他们信心与力量，让他们在迷茫中看见希望的亮光。

多年后，这些孩子都成了他的横财，成了救儿子性命、救自己于绝望之中的温暖之源。

人世上，所谓的横财多是懒人的渴望罢了，那只是虚无缥缈的幻影。而今，我相信所有的横财都可以种植出来，当你种下善良与关爱，种下温暖与期待，种下智慧和力量，多年之后，种子迎风发芽，花儿吸露而妍，硕果将秋天装扮成天下最美的风景。

所有的美好，那都是我们人生的横财吧。

开奥迪去偷西瓜

辞掉旧工作尚未找到新单位的那段时间，我感到特别烦闷，恰巧老同学张顺来来到南昌打理一间公司，两人天天在一起喝酒，他成了我倾诉的对象。为了帮我排忧解闷，他带我去他公司参观，帮他剪彩，锣鼓喧天，欢天喜地，而我仍是忧锁心门，烦乱不堪。

当晚，张顺来开着他那辆奥迪车，载我到距城30公里的向塘一农家饭庄吃饭。他说："消除苦闷，寻找快乐，吃是最好的方式之一。咱们好东西吃多了，换换口味，吃一回农家菜。"张顺来和我一样，都是农村来的，一个大队，从小学同班到高三，共同经历了许多的苦。现在日子过得有点小资了，我们确实有很长时间没吃过农家饭菜了。

酒过三巡，我们的话就多了，才知道张顺来的烦恼不会比我少。他的分公司因前任挥霍无度，已捉襟见肘，上海总部准备撤掉它，并暗示他公司已无力安排相应岗位。闻此风声，他的女友也在和他闹分手。生活如山，将他压成五行山下的孙悟空。

从饭庄出来，我们二人的心情果然好了一些，趁着那股高兴劲儿，张顺来居然把车停在一处瓜地。我猜想，他可能是啤酒喝多了，要行方便。谁知，他嘘了一声，悄悄地对我说："别出声，我要去偷西瓜！"经他这么一提醒，儿时我们月下偷西瓜的情景清晰地映在脑际，我被他点燃了情绪，弓着腰和他一道进入瓜田。

挑瓜是我们的强项，不到5分钟，我们一人抱了一个十来斤重的西瓜，溜到一棵背光的树底下。之后的动作，全是几十年前的翻版：一屁股坐在田埂上，用手把西瓜敲破，然后，把嘴埋进瓜瓤，吃得满脸鲜甜的瓜汁。我边吃边提醒："快吃，等一下瓜棚里的看瓜老头来了可就麻烦了。"

果不其然，正吃着，瓜棚那边冲出十多个壮汉，那架势让我们不寒而栗。若是他们来横的，就我俩，肯定招架不住。像儿时那样逃跑，已来不及了，过多脂肪让我们跑不出速度，只有束手就擒。

十多条壮汉手里没有家伙，而是一人捧着一个大西瓜，领头的人说："老板，你喜欢吃我们的西瓜，是看得起我们。这几个是我们精心挑选的，又红又甜，请务必收下。"说得极为真诚，没有半点责备偷西瓜的意思，这气氛跟小时候偷瓜被擒一模一样，不但不骂，还留你再吃几块。张顺来毫不客气地打开后盖箱，他们鱼贯而至，把瓜全放了进去。

岂能白吃白拿，张顺来随手抽出两张百元大钞硬塞给领头的那一位。他说："老乡，你们种瓜不容易，不能让你亏本啊！"十几个西瓜卖到200块钱，他们不知赢到哪儿去了。

启动汽车的时候，听见车后有人在说："又是一个开奥迪来偷瓜的！"话里有抑制不住的喜悦和兴奋，其实，比他更快乐的是车内的我们俩。

我对张顺来说："今晚太开心了！"

他回了一句："其实，开心与金钱、职位、恋爱等一概没关系，就像这夜里偷西瓜，它属于童趣，属于自然。"

开奔驰的老板与举破碗的乞丐

他是一家公司的总裁，日日开一辆奔驰来上班。和所有的有车族一样，他也面临着停车难的问题，特别是这个寸土寸金的市中心。

写字楼底层有一个停车场，却没有车辆停进去，更多的人，喜欢把车泊在楼旁一个空地上。空地原本是要做新楼的，拆迁倒是很快，却是迟迟不见动工。后来，写字楼的车主们，就把自己的车摆在那里，每天付给一个守门的老人一块钱，包月当然更便宜。老人虽老，周身却散发着不可小觑的周正与雅致。

秋深了，高大的法桐，飘落枯叶，风卷处，尘埃飞舞。他把车落定，锁好，和守门的老头打个招呼，笑一笑，便走出市中心这块唯一没有被水泥覆盖的空地。在去公司的路上，迎面扑来的繁华奢侈气息，让他一身考究的名牌，得到最完美的展示。

从落车地，到公司所在写字楼的大厅里，只有短短的几十步路，却能看到一个衣襟褴褛的乞丐，在风中站着，双目茫然，像是看着每一个路人，却是什么也没看。乞丐见多了，心也就淡淡地冷硬起来，但是见了身处繁华中心的这一位，他的心还是为之一缩。

这位乞丐少了一条腿，一根粗黑的拐杖撑起身体的另一半。

他给了乞丐10元钱，然后，按常速走三步，拉开洁净的玻璃门，转入大厅。在他，10元钱，只是最低的基本数。每天，只要那人在，他都会从真皮夹包的斜边袋里抽出10块、20块，没零钱时，也曾抽出过50、100的票子，放进那个被皱纹遍布的手紧端的破搪瓷碗里。

这天，他下班回家，取车时，发现自己的车上，一片落叶也没有，灰尘也比别的车轻少许多。他略有诧异，眼里涂满惊奇。

车从大门口出来时，他看见守门的那个老人，一个满脸笑容憨厚可掬的老人，正在给自己打招呼呢。秘书曾不止一次地说过："老总，这儿只有你会跟他打招呼了！"他下意识地说："肯定是他，没错的。"他认定是那个守门的老人，在义务且隐秘地帮他做着洁车的事。

一次，因为着急去签约，他没在下班的点上，就来空地取车。眼前的一幕，让他莫名惊诧：那个每天接受他施舍小费的乞丐，正艰难地单腿独跳，为他的奔驰车做保洁，拐杖挨在车门光洁的表面，划上划下。他看得心惊肉跳，生怕碰伤车漆，花几千块钱去重新喷涂事小，主要是没那么多工夫啊！

远远地，他高声喊道："你，那个你，别碰我的车！"乞丐愣了一会儿，却给他展示了灿烂的笑容，那是怎样的笑容啊，如阳光般纯净无邪，通透明亮。

知道自己的爱车光洁的原因之后，他围着车走了一遍，仔细查看，真的发现有轻微的伤痕，狠狠地白了乞丐一眼，大吼一声："滚！"乞丐在惊恐与慌乱之际，挤出一个天使般的笑容，拄着杖，默默地走了。

因了余怒，他的签约也泡了汤，一单对他有致命影响的生意，就因为一个乞丐，而化为乌有。当晚，回到家中，他细前想后，得到的结果，却是他未曾料想的。他觉得，乞丐一定是觉得收自己的施舍有愧，才想到要为自己做点事。自己却因为爱车，而鄙视一个卑微乞丐的良好心愿和善良举动。

不久，那片空地被围了起来，停了这么久，终于要动工了吧。他不得不把车开进写字楼的地下停车场。地下停车场有直达电梯，通达自己的公司，再也不用经过一截街面，从大厅进入了。

突然有一天，他格外想见那个乞丐，下楼，在那个熟悉的老地方，只见空空的街道，有落叶飘过，一保洁员走过来，捡起，丢进垃圾箱。

冬天来了，大雪覆盖着城市，银装素裹，白茫茫大地好洁净！他开着自己那辆奔驰车，沿街寻找那截粗黑的拐杖，一遍一遍，却只能见到白的雪、枯的树，以及无数的红男绿女。

那个乞丐走远了吧，是真的走了。但是，那个人身上的善良，从他眼里，一步一步，走进心里，走到灵魂最深处。

洒落在深秋的爱

这是一个偏远封闭的小山村。

王婆住在村里，已有几十年了，看山看水，看得头发也白了，听风听雨，听得耳朵也背了。但她一颗心是那么敏感，那么倔强，像经年的古树，盘根错枝，四季常青。

王婆是一个苦命的人，父母因疟疾而亡，丈夫在长征路上光荣了，三个儿子两个女儿也在抗战中牺牲了。最后一个亲人——小儿子也在“文革”中含冤而死。她孤家寡人苦熬岁月，拒领政府的救济，也抵制着好心人的施舍。

早先，她寻中药换钱，打猪草喂猪，帮人带孩子，替人打短工，日子过得相当活络。勤快人，总是被人自觉不自觉地推为楷模。在村里常常能听到这样的教训：“做人做事，就要像王婆那样！”

王婆老了，老得全村老少都喊她“王婆”。见人就是他的婆婆，哪怕他也七老八十呢，可见王婆在村人心中的地位。村里人主动给王婆送去柴米油盐，却一次次被她推了回来。这么高龄的一个老人，还自己谋生活，谁看了也于心不忍的。

后来，有人发现王婆常常在深秋田野捡谷穗，大伙便自觉地在田间地头故意遗落一把。却没想到，王婆会将哪家遗下的整把谷穗给人送回。

一计不成再施一计。

村里的乡亲在收割二晚稻的时候，将一根一根谷粒饱满的稻穗“无心”地遗弃在田里，整个收起来足有一大把。这一回，王婆照单全收了，一边捡，还一边责怪：“唉，年轻人呀多不懂得珍惜。这么多谷穗都洒落了，也不晓得捡起来。”

每逢深秋，村里的乡亲都能看到王婆佝偻着身子，一根一根地将谷穗拾进篮里。旷野秋风，那一根根金黄的谷穗是村人洒落的关爱，是对一位世纪老人最体面、最真诚的无上的敬重。此爱，不是简单的施与受，而是无心与有意的杰作，是乡里乡亲与人生暮年的老人共守的秘密。

多年后，王婆含笑离去，平静安详的脸上，涂抹了满满的幸福。她走后，村里的乡村依旧习惯，无心地洒落谷穗在田间。王婆是不会再来捡拾了，只有蓝天下树林间的鸟儿欢快地来啄食。

饱食的飞鸟，在秋风中欢唱，那是对洒落在深秋里的爱，最高的礼赞吧！

菖蒲一样的女人

故乡在江南，却未见水边生长菖蒲。年年端午，只有艾草盈门，香随风飘散，许久了，艾叶枯黑，其味仍弥而不散。而菖蒲，究竟为何物，人们只听说过，未见其容。

直到她的到来，水边浅塘处，袅袅婷婷地长起菖蒲来，剑形叶，绿染透，挺拔超然。

她叫什么莲，我们都叫她莲姨，而大人都叫她阿莲。她是从省里来的下放女知青，一个人住在村里的旧祠堂里，隔壁就是关牛的大棚，臭不可闻。她笑得真美，特别是我们叫她莲姨的时候，仿佛一声叫唤开启了她的微笑机关似的。

当大队部的知青们一走而光，留下的，只有她一人。据说，她家里，已是没有了亲人。她的至亲都在一次次“运动”中，或忧郁，或受害，离开人世。知青返城时，她的肚子里已有了一个孩子，和村里一个老实巴交的农民，心无旁骛，守着一个家，过安心日子。

然而，孩子三四岁的时候，莲姨的爱人，因病去世了。村里人都说她克夫，相凶人不吉，渐渐地，疏远她，不理她。一个女人带着孩子，守几亩薄田，日子过得怎样的苦焦，可想而知。而她的笑依旧，她的优雅依然。

也就是那个时候，不知她从哪儿弄来一把菖蒲，植入门口池塘里，每年蒲公英飘散的时候，团团花苞，从叶的旁侧，抽长而出，或淡黄，或嫩绿的花，密密丛生，好看极了。没有人知道莲姨种菖蒲的真正含义，直到那年，我久病未愈，她找我的父亲。

那是一个仲夏夜，莲姨披着一身月光，来到我家，手执一把菖蒲，交予父亲，她跟父亲交代了很久。临走时，她摸着我的额头，用一种略带普通话的本地口音对我说："乖崽，好好休息，过几天就好了！"那时，月光从她发尖流泻下来，如银色的瀑布。

喝过一周菖蒲煎的水，我渐渐恢复了元气，有了力气，冒着密密的细雨，欢蹦乱跳地跑到牛棚边找莲姨。站在莲姨家门口，望见雨中的菖蒲如擎天绿柱，直指云端。雨淅淅沥沥下，雨丝里，漫着淡淡的奇异的香，那是塘边菖蒲散发的清香。

莲姨见我来了，笑着说："乖崽，全好了？真好！"

细雨飞，菖蒲香，莲姨笑，构成了一幅绝美的图画，仿佛镂刻在记忆里，生生难忘。

此后，村里人彻底改变了对莲姨的看法，有小病小灾的，都会主动到她家里去咨询。她笑脸相迎，耐心细致。每年夏天，莲姨教我们燃菖蒲驱蚊灭虫，让一村人，守着清夜，好梦到天亮。每逢耕作，莲姨都会在忙完自家田地之后，帮村里人出主意。因了她的点拨，年年丰收，年年好景笑颜开。

一个人，让一个村庄有了主心骨。

更难能可贵的是，莲姨彻底改变村庄的精气神，因为她让我们这帮乡下孩子，喜欢上读书。多少年后，我们村成了远近闻名的"才子村"，考上大学的孩子，占全乡八九成。

莲姨，一个命苦的女子，成了一乡人，共同膜拜的女神。

菖蒲和兰花、水仙、菊花，历来被文人雅士并称为"花草四雅"。古人赋诗云菖蒲："不假日色，不资寸土；耐苦寒，安淡泊。"莲姨秉承"菖蒲精神"，在我们村里生活了十几年，多少苦也吃了，多少累也受了，守着淡泊享安宁。她像神农氏一样，给我们村庄带来菖蒲，同时，也带来了，真正的雅。

她，菖蒲一样的女人，就这样，成了我们的雅之祖，成了一个村庄的精神图腾。

英　雄

大火是从后半夜烧起来的，熊熊大火，燃尽草木，焚毁民宅。天亮后，起风了，火借风势，在山林里迅速铺延开来。

救火车一到目的地，全副武装的他，迅速投入战斗。长这么大，他从来没见过这么大的山火，从警两年，历经无数火场，亦是不敢相信，火居然能烧出如此惊人的气势来。所有能出动的消防队员，全部上场，他们且战且退，火如山中兽王一般，打遍天下无敌手。

退到不能退，上面来了一道死命令：这场大火，必须在两公里之内控制住。原来，在五公里外，有一座大型油库，而油库的后面，就是一条铁路干线和一座繁华县城。一旦山火烧至油库，引起大爆炸，后果不堪设想。

陆续有战友退出战斗，伤亡大至让人恐惧的地步。他因窒息过长时间，被老乡发现，抬至县城医院。在医院病房，从电视新闻中，他知道大火的巨舌，冲过数千军民修筑的三道隔离带，吞噬了所经之处的每一样生灵。两公里的控制目标失败了，危险只有不到3公里的距离。

火场无专业救火队员，没有任何防护措施没有任何专业设备的群众，在勉强坚持着，终因火势太猛，不得不撤离。山火没有任何阻拦地长驱直入。

他斗胆向自己领导提出一个奇特的救火方案：在离火场不远的地方，倒置装满油的油桶，等大火逼近，打开油桶盖，并点燃它们，让爆炸的火力与大火合二为一！

领导说："只听过以毒攻毒，我从警几十年，没听过用火救火！"

他说："我曾经在网上收看过一部外国的消防记录片，里面提到过这种方式，效果不错！"

领导说："你是不是被火烧糊涂了？头脑发热！"

他进而找到县防火指挥总部，找到副县长，陈述自己的观念。他告诉副县长："总指挥，用火救火是有科学道理的，油桶爆炸与山火合流，瞬间可以消耗完氧气，从而将火熄灭！"

"谁让他进来的？"副县长责怪秘书，然后，又指向他，"我说你这个小战士，不去救火一线，跑来这干吗？"

他直接前往油库，却发现，空无一人，他们都逃命去了。面对一桶桶的油，他想实现自己的愿望，却找不到帮衬手。

蓦地，他想到县高中的孩子们，曾经，他作为校外辅导员，给他们讲过消防常识。走投无路，他只有向孩子们求助了。

这是一帮热血沸腾的孩子，他们在他的指挥下，从油库里滚出一桶桶油来，距离油库 1000 米，围绕油库摆成一条油龙。

在每个横卧的油桶旁边，都站着一个正在读高中的孩子。他们每个人手上，都拿着一个打火机，只待他一声令下，就打开油桶盖，用打火机点燃泄漏出来的油，以爆炸油桶！

山火近了，更近了，他手举扩音器下令："开桶——点火——快跑！大家快跑——"

孩子们跑了，火顺着泄漏出来的油慢慢爬上油桶，大爆炸如期而至，巨大的火舌与山火汇在一起，更大的火在半空中盘旋。

奇迹出现了：浓烟散去，山火熄灭了！

孩子们喘着气，聚拢一起，发现他不见了，在灰烬里，他不成人型地静静地躺着，手里紧紧攥着那个已被烧黑的扩音器。

一个人倒下，一个油库和一座县城得救了。

之后，很多人被到处请去作英雄事迹报告，仿佛个个都是生龙活虎的英雄，而他，生生被忽略了。

孩子们在油库旁的小山坡上，把他那个扩音器埋进地里，垒起一座小坟，并竖起一块墓碑，碑上写着"救火英雄墓"几个大字。

我们这个世界，有多少"众人皆醉我独醒"的事儿，就有多少永远留存于人心的英雄罢。只是，如果英雄的名字还没刻进墓碑，就记得他，重视他，那该多好呀。

窗外的风景

这是一座古旧的住宅楼，墙面布满了爬山虎，台阶长满青苔藓。在东3楼住着一位80多岁的老太太，满头白发，步履蹒跚。她平时很少下楼，一天到晚待在家里，也很少有人来看她。她家里装饰得很气派，矮柜上放有一台34寸的大彩电，她从来不看，看不顺，矮柜里还放了一套高级音响，她从来不听，听不惯。她常常一个人坐在窗前，把拄杖放在身旁，一边吹风一边打瞌睡。

不知什么时候，楼下驻进一家幼儿园，一群小孩欢蹦乱跳的，可爱极了。老太太只闻其声，不见人影，实在着急。她非常想看到那些可爱的娃娃们，苦无一计，她只有盼着儿子来看她。儿子忙，十天半月才来一回，有时候实在脱不开身一两月才来一次。

儿子来了，老太太比划了半天，央求他买一个不高不低的凳子，正好能踩在上面看风景。儿子扔给老太太100块钱，用一句话敷衍她："下次我就买一个凳子过来！"再来的时候，儿子除了带一大把的钱，早把凳子的事忘在了脑后。老太太急得不行，当着儿子的面大哭了起来。她说："我要钱有什么用？我要凳子——"儿子见状赶紧下楼，开车满大街找老太太要的那种小凳子。

见到凳子，老太太眉笑眼开，嘴里念念有词："这就好！这就好嘛！"儿子也没细问好什么，丢下几张百元大钞，走了。

老太太把凳子架在窗台边，撑着拄杖站了上去，看见了满院的小孩子做游戏，唱歌，追追打打，吵吵闹闹……老太太的脸上堆满了笑容，一双老手还情不自禁地在窗台上拍着。遥看孩子们，成了老太太生活的必修课。她希望自己能亲手摸一摸孩子们的脸，亲一亲他们的脸，这种想法越来越强烈，折磨得她心神不宁。

这一天，老太太实在忍不住，就想着怎么下楼去实现自己的愿望，她越想越兴奋，就拄着杖下了楼，绕了一个大大的圈，气喘吁吁地站到幼儿园门口。一位年轻的阿姨面带微笑地问她："你是哪位小朋友的家长?"老太太摇摇头，说："我只是看看。"女老师轻蔑地一笑，不耐烦地说："看看？这有什么好看的?"

老太太愣了一会儿，恋恋不舍地离开了。

经过这么一折腾，老太太又累又气，学着幼儿园阿姨的口气说："看看?这有什么好看的?"说着说着，她就乐了。然后，她又爬到凳子上看满院的小朋友。

每天，老太太都要站在凳子上看风景，她自己也成了小朋友眼里的一道风景。

不知什么缘故，幼儿园要搬走了，老太太小跑下楼，绕过一个大圈，来到园门口，她拦在搬家公司的车前，哀求幼儿园不要搬走。园长解释说："小朋友太吵了，影响你们生活，我们搬走了你们就安静了。"老太太说："不影响，不要走啊!"老太太劝说不动，就掏出一大沓钱，买他们不要走。

然而，幼儿园还是搬走了，几十张百元大钞散了一地。

老太太每天照例站在凳子上看风景，院子里空荡荡的，跷跷板、大象滑滑梯……毫无生气地立在那里，一只麻雀停在秋千上，不停地叫唤。老太太脸上没有笑容，只是缓缓地看着窗外，目光呆滞无神。

儿子来看老太太，老太太的门却紧闭着，一丝动静也没有。他用备用钥匙打开了门，看见老太太站在凳子上，趴在窗台看屋外的风景，拄杖倒在地上。看样子，她已站了很久。他大声叫喊，却不见反应。

老太太死了。

儿子发现满屋子都是灰尘，唯有床前到窗前有一条干净的路，一尘不染。

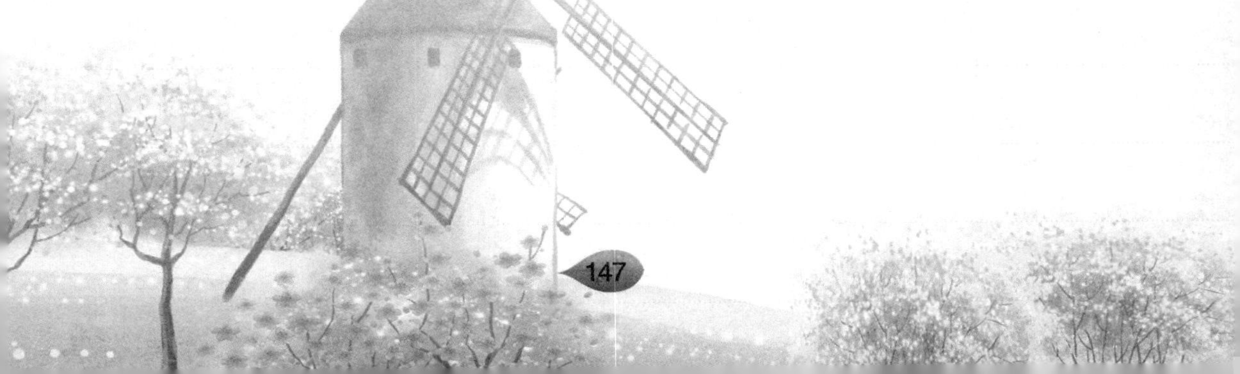

风泪眼

表妹坐月子的时候没注意保养，落下了风泪眼的毛病。每当阴雨天气，一遭受风袭，她就泪眼朦胧，苦不堪言。她下岗后，这双风泪眼让她吃尽了苦头，应聘的时候，主考官见她泪珠滑过脸庞，以为她太脆弱，不能经场面，断然拒绝她。有几次好不容易应聘上，在工作时迎风落泪，往往又成为被炒鱿鱼的原因。

多少次应聘失败，又有多少回被炒，表妹对工作产生深深的恐惧。即便如此，生活的压力迫使她不得不一次次面对这种恐惧。

有一次，我到表妹家中做客，听她聊工作上的事，开始还好好的，没过多久，她的眼泪就叭嗒叭嗒往下掉。我打趣地说："你这风泪眼说来就来了？"表妹用袖子擦眼睛，使劲地摇了摇头。

表妹终于哭出了声，哭诉道："表哥，你看我家里这么苦，总是找不到工作，命怎么这么苦呢？"任我怎么劝，表妹也止不住哭泣。这一回，我真切地感受到风泪眼给表妹带来了多大的麻烦。

打这之后，我四处托医院里的朋友打听治这病的良方，并在采访过程中，在民间寻找治风泪眼的偏方，结果却让我一次次失望。我无权无势，收入也不高，已找不出任何办法来帮表妹。

正当我一筹莫展的时候，表妹夫给我打来电话。他告诉我，表妹已顺利通过一家公司的应聘。招聘那天，风很大，表妹几乎"以泪洗面"，招考人员并没有将她拒之门外，看她是风泪眼，马虎了事，录用她为公司的保洁员。

事情是这样的，那天风很大，表妹忍着不住地落泪的痛苦，坚持在门外打扫卫生。这时，公司老总来了，见她满脸泪痕，就问身边的副总经理："怎么招了一个多情女子做保洁，在工作的时候还伤怀落泪？"副总赶紧解释：

“这是人力资源部工作的失误，我会让他们纠正过来的。”

表妹一听，吓得浑身哆嗦，双脚站都站不稳。她赶紧向那个女老板求助：“老板，你千万别辞了我，我不是那种伤怀流泪的人，我会好好干活的！”老总冷笑一声，轻蔑地说：“那你怎么会见风流泪呢？”表妹解释说：“我坐月子的时候，受了风寒，不住地流眼泪，从此落下风泪眼的怪病。”

第二天，表妹不但没被辞掉，反而进入办公室当秘书，调度车辆。老板还特意来看望了她，和她说起女人间的事来：“坐月子很重要啊，那阵子我受寒胳膊疼，到现在，一受风寒还会复发呢！”

表妹对我说：“还是女人最懂女人的心啊！”

的确，一个女人无论怎么叱咤风云，当她处在女人时刻，最“女人”的时候，她最能懂女人间的冷暖。天下女人一条心啊。

一夜握手到天明

中专毕业后，我在家里苦等了半年，工作仍然遥遥无期，为了减轻家里的负担，我决定南下广东打工。

正月十六，我和村里的两个同伴来到县城的火车站，候车的乘客黑压压一片，一眼望去，几乎见不到一寸水泥地面。人们翘首盼望着，脸上布满了焦渴的神色，眼里填满了无奈。

火车来了，长长的列车像一块硕大的磁铁把站台上的人迅速吸了过去，那种力量是无形的、巨大的。我和我的同伴被这种洪水般的力冲散了，只好一个人蛮横地爬窗而上（车门很多都已打不开），钻进一节已几乎无立锥之地的车厢。

在这个江南罕见的雪夜，我吃力地站在拥挤不堪的火车上，开始了人生第一段孤独而漫长的旅行。吵闹的车厢里，空气令人窒息，我用残存的思维，不停地思考：头一次出远门就碰到如此拥挤的人群，漫漫长夜，迢迢路途，我能支持得住吗？惊恐一次又一次向我袭来，渐渐地，我的知觉开始迷糊。

这时候，一只柔软的小手轻轻地探入我的手心，然后，不紧不松地握住了我的右手。刹那间，我的注意力全部集中在那只被温暖的小手握住的右手上，情不自禁地把它紧紧握住。那是一只女孩的小手，爽滑如脂，柔若无骨。它的主人就在我的右后侧，凭着眼角的余光，我看到她美丽的侧影。

这是我第一次同女孩子如此亲密地握手，而这非同寻常的第一次竟是和一个陌生的女孩。羞涩之感像千万只蚂蚁在心里蠕动，那种感觉妙不可言。我浑身血液翻腾，昏迷之感被撵得远远的。

缓过神来，我猜想她肯定握错了手，便渐渐用力挣脱它。它不恼，反而追上前来，摆出一副不相握不罢休的架势。我侧过脸去，用探寻的目光搜索她，她微微一笑，眉角一颤，似乎在问："你挺得住吗?"我也轻轻一笑，无声地告诉她："谢谢你的支持!"

下半夜，火车进入广东中部，下车的人多上车的人少，车厢里稍稍宽松了许多。我和她穿过一个别人的旅行包，依然握着手，用温度和力量传达着双方的关心和祝福。我几次想和她说些什么，都无法开口。有限的几次对视，却因害羞，支持不到三秒钟，那种感觉真好，驱逐了我的晕眩和困倦。在这样的旅途中，眩晕和疲乏都是危险的，特别是一个人。

天亮后，车到东莞，我们松开了紧握的手，双双下了火车。在进入出站口的时候，我终于向她说出了第一句话："谢谢!"她说："不用谢，三年前，因为我晕车，一个陌生的男孩紧紧地握住了我的手，握了一夜。"然后，这个和我相握到天明的女孩，匆匆钻入茫茫人海，成了千千万万个陌生人中的一个。

同伴找到我，一个说："你没丢掉呀?"另一个说："气色还不错嘛!"我没有回答，而是沉醉在夜里那种和陌生人握手的感觉里。

一夜相握到天明，一路有关爱相紧随。多少年后，我已远离打工的日子，但那个夜晚和陌生女孩握手的经历，始终烙进我记忆的最深处。每每忆及，我总能感受到那只小手传递过来的温暖，这是一种有力量的温暖。

坚硬的灯光

那一年，我才八岁，懵懵懂懂的年纪，一片照亮雨夜前行路的坚硬的灯光，让我刹那间明了人世情。

一个赶集的日子，我怀着喜悦心情，跟着父亲去卖黄豆。父亲把百来斤黄豆系在自行车后座，一把提起我来，让我斜坐在横杠上，丁零零，飞也似的骑出村庄。

黄豆并不好卖，后晌，父亲才卖出十几斤。来买豆的人都只问一个价："这黄豆四毛卖不卖?"父亲坚持着："四毛五，少一分也不卖。"来人说："还是四毛五?人家都卖四毛啦，看你豆好，给你四毛，卖不卖?"父亲坚决拒绝："不卖!"

因为就在头一集，母亲卖的豆就是四毛五，高的卖到五毛呢，他不能贱卖自家这么饱满黄澄的好豆。

开始下集了，人越来越稀，天边云却越来越浓，间或炸响一记惊雷，吓得我直往父亲身边挤。我扯着父亲的衣角，催促道："爸，快要下雨了，我们赶紧回去吧!"

父亲沉默不语，焦急地盯着来来往往的路人，谄笑着问每一个看过我们这边的人："看看吧，我这豆是好豆!"终究没迎来一个买主。

雨落下来，一如我们身旁蛇皮袋里的黄豆，颗颗粒粒，砸得人头上酥麻。父亲把蛇皮袋扎好，架上自行车，推到一个屋檐下避雨。我们父子俩眼巴巴地看着风吹雨打，不知如何才能回家。

集上没有可供留宿的饭店，即便有，父亲也舍不得那住店的钱，附近也没有我们家的亲戚，离家有20多里地，可怎么办呢?

夜幕降临，风停雨歇，空气里都是湿透的烂泥味，一脚踩在地上，软灿灿的泥水直往裤脚里倒灌。父亲坚定地喊了一声："回家！"

父亲把我放在自行车横杠上，骑着自行车，摸黑往家赶。路上，我几次被震跌下来，右脚被车踏板刮得生疼。父亲摸摸我的脚，心疼不已，在黑暗中对我说："你坐到黄豆上面，我推着走！"走了大约10里，路两旁已难见灯光，耳朵除了夜鸟叫声，就只剩风声了，再也听不到狗叫。我想，我们开始进入山道了。

山中经雨淋，红土变成黏泥，把自行车轮黏塞得结结实实。父亲累得气喘吁吁，再怎么使力也慢如蜗牛行走。

父亲把我从车后座抱下了车，让我走到车后边帮着推。我下车后，抓住后座，在后面推使劲地推，但作用并不大！父亲摸黑在树林边折来一根松枝，刺空夹在挡泥板和车轮间的泥巴，自行车才稍稍地滚动几下，没几步又陷在泥中了。天太黑了，我们无法择路，简直寸步难行啊。

一路跌跌撞撞，我们父子俩终于来到了三岔路——一个让人闻之胆战心惊的地方。这儿遍地坟场，夏天，能看见跳动的"鬼火"。偏偏这时林间猫头鹰像孩子哭似的鸣叫，吓得我魂儿都丢了。我赶紧抓牢父亲的衣襟，半哭似地喊："爸，我怕——"

"别怕，跟着我来！那只是鸟叫，有什么可怕的！"父亲抓住我的手，安慰我。

不知什么时候，我们前方亮起一盏马灯，暖暖的亮亮的，像是落在林间泥地的一轮明月。

"你们去哪里呀？"光亮后面的人影问。

"陈坊。"父亲应声答道。

"你儿子多大了？"那人又问。

"八岁。"父亲答。

俩人一问一答，把寂静的夜衬得更加沉静了。

"我送送你们吧！"那人说。

我非常纳闷，这么一个鬼地方怎么会冒出一个打马灯的人来呢？他是不是鬼呀？越想越怕，躲在父亲身边，不敢看他！

一路上，那人和我们讲他儿子的故事。

那年，他儿子八岁，突然高烧不退，他和孩子他妈急得不行，连夜将儿子送到山下的医疗站去打针。因为走得紧急，忘了带马灯。摸黑走的时候，他摔了一跤，从土路上跌倒在沟边的一块红岩石上。他自己摔昏了过去，这倒没啥事，关键是他儿子的脑子跌坏了。那时，也是下了一场雨，道路泥泞难行。

停了一会儿，他说："后来，我老是骂老天不长眼，为什么跌傻的不是我，而是我那可爱的孩子呢？"

父亲劝他："过去的事，就不要再折磨自己了。人啊，有时真是命中注定啊！"

他说："是啊。所以，我不希望再有人在这条山道上摔倒，雨夜里，没什么事就打马灯出来看一看，帮走黑路的人照一照，好看清前面的路。这儿路上是泥巴，路边沟沟坎坎尽是硬硬的红岩石，要是摔倒了，可真是危险啊！"

我乐了，他不是鬼，是个好人呢？

他问父亲："为什么这么晚才回家呢？"

父亲说："我带儿子去集市卖黄豆。不好卖啊，所以拖得太晚了！"

他叹了一口气，说："是啊，田里地里出的东西，都不好卖，卖不出价啊！哎，你也真是，儿子这么小，怎么能拖着他一起走夜路呢？就少卖几个钱，早点回呗。"

父亲长叹一口气，低低说："想多卖几个钱，开学时，好给他交学费呢！"

他说："幸好，今天下了一场透雨，让你骑不成车。要是下了一场不大不小的雨，不黏车轮，你还能骑，一旦滑倒，那可真危险啊！"

这是他第二次提到"危险"二字，想起他那个我未曾谋面的儿子，让我感觉不寒而栗。

一路走，一路话，尽管不曾相识，父亲和他却有那么多的共同话题，那么亲密地聊着，像生活多年的兄弟。

走了大约五里山路，我的双脚实在酸痛得不行，向父亲直嚷嚷："爸，我脚很痛，走不动啊！"

那人二话没说，半蹲着，让我趴到他背上，然后，一路驮着我走。他直起起的时候，对我说："我儿子，当时也是你这么大啊！"黑夜里，我定定地看着马灯前面那一寸寸坚硬的灯光，把淡红的软泥照得亮亮堂堂，照得一地烂泥好像家门口专门用来晒谷的水泥地，具有奇特的硬度。可他一脚踩下去，坚硬的灯光里，便叭嗒叭嗒地飞溅一串红泥来。

夜风吹起，顿感一阵凉意，不由得紧紧地趴在他背上，我感到他后背的温热，心里也就热乎乎的。

走出山林，父亲向打马灯的男人道谢，并邀请他有空来我们家做客。这时，我才看清了他的脸，黑黑的眉，浓浓的须，一双深邃的眼睛，仿佛流尽了泪。他嘿嘿地笑了笑，说："不用谢。有机会我一定去你家看看！"

下面的路，因为是沙泥，不会塞车轮，而且，父亲对路也十分熟悉，知晓每一个坑洼，骑上车，一会儿就到家了。

多少年过去了，那一路的灯光，总让我感到温暖，而且让我第一次坚信，这世上有一种光亮是有硬度的，支撑这一硬度，是大家的爱。

坚硬的灯光凝聚了陌生的关爱，以及温暖的人间情。

需要什么

一位富商在捐款仪式结束后，被安排到各捐助点视察——看看荒蛮穷乡那些可喜的变化。一路上，有个小孩瞪大圆溜溜的双眼，紧盯着他手上喝了一半的瓶装矿泉水。这位富商发现之后，让秘书取来一瓶新的矿泉水，亲手递给那位小孩，并关切地说："你口渴是吗？拿去喝吧。"爱心拳拳，细而不漏，此举虽小，亦承袭他扶贫济困时一掷千金的豪迈与宽厚。

那个小孩领走那瓶矿泉水后，急速地把瓶盖旋开，然后，口朝下底朝上，把一瓶水倒了个精光。他稚气的脸上，挂满成就感和幸福感，仿佛成就了一番大业似的。的确，这个瓶子，在他，那是白花花"银子"——可换回一毛钱呢！

富商实在看不下去了，价值一元的水就这么被这小孩给糟蹋了，而换回的才仅十分之一的钱。况且，钱是小事，浪费水资源，从小没养成节约用水的习惯，那可是大事啊！富商把小孩叫过来问话，希望他能早点明白一些事理。

富商问小孩："那一毛钱就那么重要吗？不是给你免了学杂费了吗，而且还赠送书包文具了啊！"

小孩说："这个瓶子是我自己捡来的，把它卖掉，证明我能赚钱了。如果我能赚，我妈妈治病就有希望了——"

一瓶水，让富商明白了，不管自己在商场如何叱咤风云，在社会上如何人情练达世事洞明，对眼前的这个小孩，却是无论怎样都不知他真正需要什么。原以为他不应该需要钱来供自己上学，却不知他急需钱救母于病患之中；原以为他需要的是钱，却不知他最需要的是赚钱的能力，那才是永远的希望……

有一种爱叫相互温暖

高二那一年，他被检查出患有白血病。家里拿不出为他做骨髓移植的钱，只能定期带他到医院作化疗，以期让生命多坚持一些时日。

几次化疗之后，病情像陡坡上的滚石，迅急下滑，不可控制。他仿佛看见地狱之光，冷冷照亮生命的尽头。是啊，没有多少光阴属于自己了。冷，成了他心底唯一的状态。

花季少年，谁不想好好活着，而他知道自己没有这个权利了。活着，将一点点远离自己而去，顽固的方向，没有任何更改的机会。

最为伤悲的是父母，唯一的儿子，是他们心中永远的天堂，而天堂坍塌，那将是多大的悲哀啊？他已无法替父母减少一丝伤悲，心里的冷，已让他连说话都成为稀有。

在医院里，他认识了邻床的一个女孩，她身患再生障碍性贫血，也是贫家莫奈何的烧钱的病。他从她眼神的每一寸光里透出，仿佛紫水晶折射的蓝光。同病易相怜，他俩惺惺相惜，心凑到一块，便成为无话不谈的朋友。和她不一样，他来自农村，若不是因为病，城市乡村横着一道深深的沟壑，怎么也跨不过去。而现在，因为心冷寂如灰，反而成了这世上最相知相怜的朋友。

她家早已一贫如洗，父母已被拖累得失去人形。她想一死了之，让父母从这泥潭中抽身而退。每每这时，他就会握住她的小手，陪着她默默流泪。一同走在生命的尽头，让他们像亲人一样，相互搀扶，相互安慰。

坠入冰冷之中，他俩顽强地用目光和话语烘烤对方的心。在生命即将谢幕的时候，是爱，一同点燃最后一把火，照亮漫漫暗夜，温暖两颗冷寂的心。

他俩点燃的爱被敏感的记者捕捉到了，不久，这对在人生荒寒之境相互取暖的少年，照片被登在报纸上，境遇被电视台播出……他对记者说：“我是在最心冷的时候遇上她的，长大了，我一定要娶她！”她对着镜头说：“我从他的眼神里，话语中获取了生命的温度，是病让我们走到一起。如果有那么一天，我一定会嫁给他！”

那种生命绝境里的取暖，感动了这个城市，爱心拳拳，如甘霖纷纷落在这对苦命的孩子身上。

不久，他们在许许多多陌生人的支助下，完成了造血干细胞移植手术，终于看到头顶无垠的蓝天。生命的旅程还有那么长，那么多幸福有待去开创。记者再一次采访这对花季少年，无限感慨；有一种爱感人至深，那是生命的相互支撑，那是命运低潮期的甘苦与共，那就是在我们冰冷的时候，相互温暖。

有一种爱，是相互温暖，那是绝境中至美的世界，更是凡俗之中的我们最动人的生命细节。

高墙边上那条河

这是一条无名的小河。

清冽的河水在阳光下泛着金光，有小鸟在小河上空飞掠而过，留下阵阵美妙的清音，仿佛天籁绝响。本是美如画的天水一色，却沉重如斯——河边高墙内关押着一批重刑女犯人。

这座女子监狱，如一口烧烫的高压锅，随时都有崩裂的可能。一个外号为"独眼龙"的女犯人抓住女囚绝望的心里，兴风作浪，给监区制造麻烦，让狱长他们难堪，没别的，只是释放心情，好玩罢了。狱长面对这帮情绪被动的死缓、无期等重刑女犯人，十分头疼。

这天，从法庭走下来一位年轻漂亮的女人燕子，她因杀害音乐学院的老教授而被判死刑，又因肚子里怀着孩子而被临时安排进女子监狱，待孩子产下后，再执行。燕子的到来给这个监狱吹来一缕清新的风。她每天傍晚都会坐在无名河边拉小提琴，琴声悠扬，把夕阳渲染得通透红润。月儿爬上树梢，漫漫琴声如水，滋润月下的高墙和高墙内孤寂的心。"独眼龙"对燕子的特立独行，大为恼火，几番收编之后，仍不见效，便想出一狠招，痛殴她，让她流产，之后，便要被拉出去枪毙！她不容许有一个姐妹不听自己的话。

"独眼龙"的阴谋被狱长识破，燕子被特别地保护起来。

通过查阅卷宗，狱长发现这是一个疑点重重的案子。作为一名音乐学院的高才生，燕子是为了参加国际小提琴大赛，而委身于老教授，并为之怀孕。但最终的参赛名单中，却没有她的名字。一气之下，她再次引诱老教授，并将他杀死。案发后，警方审讯时，她一一招供，不久，检方公诉，法院结案，定为死刑。但就在验明正身之时，发现她怀着孩子……

一个喜欢在黄昏里拉小提琴的女人，怎么会下手如此狠毒，残忍地杀害自己的教授呢？为了解开谜团，狱长开始了漫漫求索之路。他从燕子的男朋友那里找到突破口，发现案情存有惊人的错误。他一步步搜集证据，最终得出一个结论：杀害教授的真正凶手是燕子的男朋友！因为教授提名燕子参赛，但已怀有男友孩子的她不具备参赛资格，便替男友向教授说情，但遭拒绝。之后，她男友便导演了一出“借刀杀人”以获取参赛资格的荒诞剧。

整个调查取证过程中，燕子一无所知，依然在每个黄昏，临河拉琴，向潺潺河水和清亮月光诉说无尽的心思。

法院来女子监狱宣布燕子无罪的时候，受到震撼的不是燕子，而是“独眼龙”。燕子在同意男友无理请求之时，便心如死灰，生死都无所谓了，何况震撼。而“独眼龙”得知狱长居然为了一个女囚，为了自己的分外之事，宁愿把自己的腿跑断，满心颤然，如发高强地震。她想，狱长是用行动写下了对咱们女囚的大爱啊。

燕子出狱那天，“独眼龙”伸手拥抱了她，泪光闪闪如星。她问燕子：“每天黄昏你拉的是什么曲子，那么好听？”燕子说：“外国的曲子《月亮河》。真的好听吗？下次有机会一定再为你拉一回。”

燕子走后，“独眼龙”向全体姐妹宣布：认真接受改造，争取重新做人！她不再做头做大，不再兴风作浪。再次面对狱长，她动情地说：“你居然不顾一切把燕子从死神手里拉回来了，今天我才明白，你是爱我们，而不是羞辱、抛弃，我们凭什么不好好接受改造呢？”

从此，这条无名小河，有了一个动听的名字：月亮河！

琴声悠悠爱悠悠，人间真爱在月亮河里流淌，在高墙内弥漫，她们吟唱：月亮河，是一条爱河。

好欲为苦

一位歌手整天念念不忘的是名气、酬金、豪宅、靓车、可心的男友、不衰的前程，弄得很不开心，脸色变得蜡黄。她的歌越唱越多，随之脸色也越来越难看，带着一丝丝苦涩。

一天，这位歌手来到一座禅院，拜见一位禅师。

她问：“为什么我的脸色会这么难看？”

禅师反问道：“你的内心是不是经常有焦灼感？”

她点点头。

禅师说：“这就对了。因为你内心里有很多欲望，好欲为苦啊，这苦渗透到脸上来，不难看才怪呢。”

她说：“我怎样才能摆脱这种情况？”

禅师说：“说好办也好办，说难办也难办。你应该听过‘舍得’二字吧，舍得舍得，有舍才有得啊！你舍弃苦心的欲望，就能得到爽心的快乐。如此一来，脸色自会红润，如春日朝霞那般美丽！”

她重重地点了点头，把这话牢记在心里。

从此以后，这位歌手淡出歌坛，日日坚持做晚课，修身养性。不到一个月，她脸上的苦涩杳无踪迹，取而代之的是天使般的笑容。

推开冤家的门

王二和陈四因争一堵相邻的墙，成了冤家，老死不相往来。

这天，王二走亲戚，两扇门紧闭，并锁上铜锁。两只黑燕子堵在王二屋外，叽叽咕咕地悲鸣，只为窝里嗷嗷待哺的幼雏。燕子越积越多，孤苦哀怜地叫，无可奈何地飞。陈四见状，心想：这是杀生啊！便无所顾忌，走近冤家的屋，推开冤家的门，留条缝让燕子自由地飞进飞出。王二回来后，发现燕子从门缝里进进出出，就站在门前说："谁做了好事，要不然小燕子都会饿死！"陈四在自家门口接茬儿："往后，临走的时候，留一道门缝。"

两个冤家的心门，被一窝小燕子轻轻地推开。推开冤家的门，是为了爱，有了爱，何愁打不开那扇久未开启的心门？

外 面

三岁的明明穿上光鲜鲜的新衣裳，背一个小巧玲珑的水壶，像一个远征军的战士，雄赳赳气昂昂地跨出家门。路上，妈妈在耳边说："明明，在外面不要跟不认识的人说话，更不能吃人家的东西。不能跟外面的孩子吵架，也不要跟外面的孩子玩。"明明点点头，说："妈，我要尿尿！"

明明跟外面的孩子玩了半天，一身脏兮兮的，临了，还跟外面的孩子吵了一架。他额头隆起一个红包，算是纪念。

13岁的明明已高出妈妈半个头，坐在教室的最后一排，边听课，边看在外面书摊租来的杂七杂八的书。老师在讲台上口干舌燥地训斥："同学们，要像古人那样，'两耳不闻窗外事'，一心扑在学习上，不要跟外面的人疯玩，不能到外面的电玩城玩电子游戏，更不可以去外面的舞厅跳舞。这个年纪，读书是第一重要的，浪费了这段光阴，一生都会毁掉的！"明明趴在桌子上，香甜地睡去，嘴角流出一串口水。

明明知不可为而为之，经常跟外面的人玩得疯狂，在电玩城玩电子游戏玩得天旋地转，也去舞厅听高分贝的重金属打击乐，看红男绿女在昏暗的灯光下搂搂抱抱。他的成绩一直是在下游徘徊，算是代价。

22岁的明明眉宇间流露出成熟男人的气息，一副志得意满的模样。领导在主席台苦口婆心地教导："敬业，是一个人立业的前提。干工作要有事业心，责任心，还要有热情和激情。不要学外面的那一套，游游荡荡，懒懒散散，那样不光对单位不利，也会自毁前程。"明明吐一口烟圈，鼻子里"哼"地一声响，把领导的话当耳旁风，为所欲为，爱我所爱。

明明永远是那副疲踏踏的样子，对工作爱理不理，对领导不冷不热，但格外热衷外面的活，与外面的朋友泡迪泡吧，跟外面的朋友打牌打架。明明终于被单位开除了，算是教训。

23 岁的明明脸上满含倦息，那是心累所致。他忙得都是一些费脑筋的事，比如与警察斗，和规则缠，跟法律玩。他累极了，所以，败下阵来，在一处有岗哨、极隐秘的地方休息。管教在人前训话：“进到这里来，就得好好地服从管教，安安心心地改造自己，争取日后回家堂堂正正做人。不要把外面乌七八糟的想法做法带进来，这个时候还抱有侥幸心理是极其错误的。政府给你们一次悔过自新的机会，你们应该珍惜，否则，后悔莫及。”

明明向往外面的世界，待在里面过这样单调乏味的生活，简直要让他窒息。他几度越狱，未果。政府给他加刑五年，算是惩罚。

站在监狱大门前，明明回头最后望一眼外面的世界，刻骨铭心的酸痛像一道闪电划亮他的心空，不禁淌出一汪懊悔的泪。

他始终没弄明白，外面到底在哪儿?

地震中的母亲

家住唐山郊区的李淑莲，即将迈进幸福的婚姻生活。

去夫家之前，对家十分留恋，对母亲也格外依恋。母亲把自己姊妹几个拉扯大，吃了不少苦，却无怨无悔。在李淑莲的眼里，母亲是伟大的。

烦心的事也有，比如与对面邻居三嘎子一家无休止地争吵。两家结下的仇怨已长达十几年之久了。起因是房子，两家都认为对方的房屋坏了自己的风水，冲了自家的脉气。那一天，两家吵得非常凶，李淑莲躲在屋子里，听得心惊肉跳。好在自己马上要出嫁了，要远离矛盾纠结多年的冤家了。

然而，当夜一场大地震，彻底改变了一切。

1976 年 7 月 28 日凌晨 3 点，持续了 23 秒的大地震，让李淑莲家的房子彻底趴下了，她和哥哥姐姐都被压在废墟底下。所幸的是，母亲安然无恙地逃了出去。在烟尘中，她和哥哥姐姐拼命呼喊着："妈妈！妈妈——"母亲在外面应答着，声音却越来越稀。母亲走远了。

"母亲居然不管我们了！"那一刻，李淑莲绝望了。母亲的见死不救，瞬间冲毁了她心中伟大母亲的形象。李淑莲的身子被挤压得喘不过气来，腰部钻心的疼痛，让她几乎要昏死过去。哥哥李树生拼死自救，率先逃出了废墟，一边哭喊着一边拼命用手刨，终于将妹妹李淑莲救了出来。

不久，李淑莲被送入解放军医疗队，得到了相应的救治，但腰椎折断了，落下了终生残疾。自己这样子，怎么能嫁过去？她的心里如覆盖一片厚实的冰霜。哥哥说："母亲传话来了，要我们去看她。她方便也会过来看咱们呢。"李淑莲自言自语道："她还有脸要我们去看她？我死也不会去看这个妈妈了！"她心里已然没有这个母亲了。如果不是母亲临阵脱逃，早一点来救她，肯定不会落下终生残疾。

天底下，怎么会有这样绝情的母亲呢？

之后，传来一个更为吃惊的消息，让李淑莲困惑不已。母亲弃子女而去，不是一个人逃生，而是去救人了，看来，母亲当时并不害怕，也不是自私自利。但救别人，不救自己孩子，这是任何一个人也理解不了的。救世上任何一个人，李淑莲心里都还好受一些，可母亲偏偏救的是结怨十几年的三嘎子。

在救援的过程，母亲不幸被砸断了腰。母亲啊，母亲……李淑莲心里疑云密布，不知道如何评价自己的母亲了。

事隔34年，记者采访李淑莲的母亲，问及当年她为什么不救自己的儿女，反而去救治与己结下宿怨的三嘎子。老人家很平静地说："说不清楚。真的，说不清楚。"在大灾难面前，有多少事能说得清楚呢？

三嘎子没有忘恩负义，他多次上门道谢，并祈求二婶宽恕自己当年的不义。李淑莲的母亲说："好好过，就对得住二婶了！"

一场大地震，两家消弭了仇怨，握手言和了。

随着岁月的流逝，李淑连慢慢理解了母亲。自己的母亲也许算不上是伟大的母亲，甚至是不够格的，但母亲与生俱来的善良，地震中匪夷所思的救助行为，注定了她是一个好人。

第四辑

老汉如谜

王老汉的困惑

王老汉在成为老汉之前，是在工厂做事，在城里拿工资的。退休以后，他就回到生养他的村庄，不到半年，全没了城里人的气质，成了味道十足的老汉。

王老汉喜欢躺在村口的栎树下与人大谈城里的事，开口便是："想当年，我……"说完，眯起眼睛，深吸一口村里人吸不起的优质卷烟，整个儿就陶醉了。

最让王老汉欢喜的是，每月20日，城里那家工厂的财务科会准时将他的退休金寄过来。王老汉收到汇款单以后，择个赶集日，到乡邮政所去取钱。他那个得意劲儿让人见了羡慕得直流口水。

两年以后，情况有所变化，财务科通知王老汉务必亲自来领取自己的工资。原因是厂里效益下滑，正在开源节流，离退休人员工资邮寄费被砍掉了。王老汉的欢喜劲儿全没了。王老汉想，每笔邮寄费不到2块钱，能省下多少呢，所有的加拢来还抵不过人家一顿饭钱。

埋怨归埋怨，王老汉还是"遵旨"上城，领自己的退休工资。王老汉对花枝招展的出纳员说："我领一趟工资真费劲，能不能帮我寄，我自己出邮资？"出纳员不屑地说："那怎么行，别人都来取，人不能单独开小灶啊。"

王老汉没有办法，只好每月准时来取，迟到早来都不行，出纳员的脸色不好看。

在家和工厂的往返中，王老汉的一头黑发渐渐地全白了。他越来越感觉到体力不如从前了，领一回工资得歇上一天才能恢复过来。

这天，王老汉照例进城取工资，年轻漂亮的出纳员冷冰冰地说："你的工资已转到社保了，你到那儿去领吧。"她递给王老汉一张条，上面写了一个账号和怎么去社保的简略示意图。王老汉很久没在城里逛过，对街街巷巷感到相当陌生。他花了很长时间，才找到示意图上黑圈圈所指的社保大楼。赶到7楼营业厅，人家已下班了。王老汉坐在台阶上休息了好长一段时间，才缓缓地走下楼。

这次领工资回来，王老汉像是大病了一场，在家里躺了好些天。

王老汉更老了，但仍然独来独往地到城里的社保领退休金。

王老汉又一次来到社保大楼7楼，柜台里的小姐面带微笑地对他说："大爷，这回有规定，您得出示公安机关开具的'未亡证明'才行。"王老汉听了半天，终于听明白了，笑呵呵地说："我一个大活人在这，还用得着开证明?"小姐说："这是规定，我们也没办法。"

也算王老汉有福分，遇到一个热心负责的小姐。她详详细细地把这事跟王老汉解释："有的人过世好几年还在领退休金，为了堵住这股暗流，不得已才出此下策。"王老汉无话可说，冲小姐笑笑，走了。

王老汉来到厂里的保卫科，请求出具"未亡证明"。保卫科干事让他到街道派出所去，说这儿的不作数，厂里很多人都是在派出所盖的章。王老汉就去找街道派出所，一路骂骂咧咧，像农民种田时骂牛一样。接待王老汉的民警对王老汉说："什么'未亡证明'？我们只开死亡证明。"王老汉生气了，吼道："我还没死呢，用得着开死亡证明?"接着，他摊倒在地上，像是睡着了。

把王老汉逼成这样，民警也有点不好意思了。民警扶王老汉起来，递了一杯纯净水给他。王老汉说："我们厂里有人在你们这开了那鬼证明。为什么不给我开?"民警挨了一副脸色，说："是这样的，社保告我们开了假证明。其实，我们也不知谁真活着，谁假活着。"王老汉说："我一个大活人在这，你还不明白?"民警说："已经规定不办这类证明，这样吧，你到你老家的派出所试试?"

乡派出所对王老汉倒是蛮热情，都是乡里乡亲，还有什么好显摆的。乡里的民警对王老汉是爱莫能助，大伙都关切地围着他，七嘴八舌地说："你的户口不在本地，证明不了你呀。”

王老汉回到村庄，人就一直恍惚不定。他搞不懂，领个工资怎么就这么难。村里人得知他的消息后，也替他感到困惑，纷纷惊叹：邪！真邪！

王老汉卖身

王老汉在村里住了许多年，从来没想过要离开。那年儿媳妇生孙子，儿子要他去帮做做饭，买买菜什么的，王老汉死活没答应。

他对儿子说：“我去了你们城里不习惯，肯定会帮倒忙的。”

儿子说：“怎么会帮倒忙呢。爸你不是会做点儿小生意吗？到了城里，你照样可以搞点儿小买卖呀？”

王老汉乐了：“我一个种田的大老粗，在城里做不来生意。”

无论儿子怎么连哄带骗，软硬兼施，王老汉岿然不动。

一晃几年过去，孙子该上幼儿园了。儿子怕忙不过来，又要王老汉进城。

儿子说：“我们夫妻俩都忙，爸，你帮忙带带小孩，接送上学，管教管教。你不是老跟我说，小孩不管教容易变坏的。”

王老汉笑眯眯的，鸡啄米似的点头，嘴里念念有词：“好！好！我去，我去！”

王老汉深信，树苗没长正，大树怎么能不长歪呢？以前，他经常念叨“小孩不管会变坏的”。如今，这话，从他儿子口中说出来，他很高兴，一高兴就答应儿子的请求，进了城。

孙子对王老汉很贴心，很听他的话，爷孙俩不但没有代沟，反而相处得亲密无间。

孙子上小学后，王老汉的接送任务被卸下来了。小孙子独来独往，是儿子的意思，说是从小要锻炼他的独立自主能力。王老汉“下岗”了，便向儿子提出要回村里。儿子怕他一个人在村里太孤独，坚决不许。

闲来无事，王老汉在面对大街的巷口摆了一个水果摊，卖卖水果。王老汉为人朴实，为商诚信，水果摊立即火了起来，一天能赚20来块钱。大人们支使小孩来买，没有一个不放心的。常有小孩在小摊前说：“王爷爷，我买红富士苹果。”保准捡到篮子里个个是又大又红的，且足斤足两。

这天，一个小孩站在水果摊前，愣是不说话。

王老汉问：“小朋友，要买什么水果吗？”

小孩说：“王爷爷，今天我不买水果，要买你行吗？”

王老汉吓得一大跳，心想，要我卖身，也太邪乎了吧？

小孩接着说：“今天学校开家长会，我爸爸妈妈都没空。可老师说一定要去个大人，我想请你去，耽误你卖水果我会补你钱。我家除了缺个爷爷，什么都不缺，特别是钱。”

王老汉看着这小孩挺可怜的，而且说得句句在理，心想他这个小家伙要买我就买吧，于是收了摊随小孩去了。那小孩也不含糊，打的把王老汉带去学校。

到了学校，王老汉才明白，小孩不是因为父母没空，而是因为自己考得不好，怕爹妈知道挨打。王老汉站在教室门口，下意识地说了一句：“现在的孩子全乱套了，这不都变坏了吗？”

小孩及时地提醒：“王爷爷，你可是收了我的钱啊，应该知道替我说话。”拿了人家的手短，吃了人家嘴软，这个时候，王老汉没有任何办法。

班主任找那小孩的家长，王老汉挺身而出，像壮士一样站在老师面前。他浑身战栗，接受一个比他儿子年纪还小的女老师的批评。

王老汉说：“我孙子这样的成绩，真是羞死人了。回头，我们非好好教训教训不可！”这戏演得还真像。

在回家的路上，那小孩一出手，就甩出了一张50元的大钞。王老汉接过钱，心里默念道：我也变坏了，居然做出了这样的事！

黄昏，王老汉一进门，就看见儿子拎着孙子打屁股。

儿子问：“你把我放在抽屉里的100块钱丢到哪儿去了？”

孙子哭哭啼啼地说：“我买了一个小阿姨，班上好多同学都买了。”

王老汉听着就十分惊诧，转念一想，准是买阿姨冒充“家长”去开家长会了。王老汉叹了一口气，轻轻地说道：“我今天卖身，才收50块钱，还是人家小姐厉害，开口就上百。”

儿子惊讶地说：“爸，你胡说什么呀？”

王老汉如是这般地说了一番，儿子放下孙子，哭笑不得。

王老汉接电话

王老汉的儿子是村里出去的后生当中最有出息的一个。他在省里工作，轻轻松松上班，轻轻松松拿钱，就连接电话也是轻轻松松的，从腰上拔出就行了。那次，大腹便便的他回到村里，腰上别着一部小巧别致的手机。

村里人问：“你腰上挂得是什么东西？”

他说：“这个可贵啰，几千块钱一部，以前叫‘大哥大’，现在改了，叫‘移动电话’，也就是打电话用的。”

话刚说完，他的手机响了，他取出手机放在耳边，一边迈着方步，一边高声地说话，煞有派头。在场的村里人看得目瞪口呆，露出一副羡山慕水的模样。儿子所做的点点滴滴，一丝不漏地印入王老汉的脑子里，他觉得儿子混得好，发自内心地笑了。

为了尽孝，儿子把王老汉接到省城来小住。王老汉头一回看到城里的花花世界，给他印象最深的是街上很多人的腰上都挂了一部手机，很多人都是边走边打手机。

这天，放在茶几上的“移动电话”被儿子忘了拿走，王老汉自言自语道：“都这么大人了，还这样丢三落四！”他坐立不安，想把它送给儿子却不知怎么去送。正当他一筹莫展的时候，茶几上的手机响了。王老汉想了一会儿，拿起手机，学着儿子那样边走方步边冲手机说：“喂，我儿子不在家，中午才会回来，你中午打过来吧！”可是，手机还是在响。他把手机拿到眼前来看，它立即哑了，像铁一样沉静。

王老汉赶紧把手机放回茶几，心想，是不是我这么一拿给拿坏了，不禁恨恨地骂了起来：“什么破‘移动电话’，还不如我们村王婆做的豆腐呢！”

这时，电话又响了起来，比早晨的公鸡叫得还欢，王老汉拿起电话来，在屋里大步流星地走着，用吆喝牛的劲冲手机说话："喂，找我儿子吗?"手机的响声仍然没有停。执著地响着。王老汉开始在客厅、卧室小跑起来，边跑边说："我儿子不在家，他中午才回来，你中午打来吧!"

话没说完，手机不响了，可就没听到有人在里面说话，王老汉吓得赶紧把它放在茶几上，然后，靠在墙上喘气。他琢磨着，儿子拿起电话来，"移动电话"就不响了，可我拿起来，怎么还响个不停呢?王老汉像在村里那样，蹲在墙角细细地想事情。他想，是不是我把这个"移动电话"搞坏了?不免有些忐忑不安。过了一会儿，他忽然拍起了大腿，大叫一声："对了!移动电话，移动电话就是要移动去接!我肯定是跑慢了!"

临近中午，茶几上的手机再次响起。王老汉抓起它就往屋外跑，到院子里后，飞快地跑起来，然后才把它贴在耳朵上，大声喊："是找我儿子吧!他马上——"手机还在响!王老汉又加快了速度，可手机仍响个不停。由于跑得太快，精力又集中在手机上，他摔倒了，手机重重地跌在地上，分出了好几块。

王老汉一急，昏了过去。

儿子回来后，见父亲昏倒在地上，赶紧把他送到医院。儿子在父亲醒过来之后，得知摔到的原因，哭笑不得，不轻不重地数落："你也真是，不去动它不行?"王老汉说："我怕人家找你找急了。"

出院后，王老汉右脚落下残疾，走路一瘸一拐的回到村里，村人问他："老王，咋的拐了?"

王老汉说："接'移动电话'接的。"

王老汉美容

王老汉有三儿一女，最有出息的要数那个女儿，她嫁到城里，成了一名国家干部的老婆。自从女儿寻到好人家，王老汉就开始注重自己的衣着打扮，一天到晚，穿得让村里人扎眼。

村人取笑他：“王老汉你也是城里人了嘛，癞蛤蟆穿皮衣——乌黑又光亮！”王老汉见达到了目的，心里美滋滋的。

大女儿装修房子，怕工人偷工减料，就特意把父亲叫到城里，帮着监工。王老汉出发之前，整整衣领抻抻袖，拎着一个包，神气十足地打村里面过。

迎面走来一个乡亲，惊叹：“哟，打扮得这么好，到女儿家享福去啊！”

王老汉说：“没办法，我也不想去，我女儿硬要我去！”

在装修工地，王老汉也不闲着，拌水泥、扛木头之类的活抢着干，没过几天，不懂得自我保护的他被装修材料搞得很不舒服，手上脸上刺痛刺痒。痒痛还没全好，王老汉原本粗糙的皮肤更加粗糙了，像松树皮一样。

女儿见了，十分心疼，说：“爸，你怎么不注意保护呢？看你满手满脸都成这样了！”

王老汉说：“没事，过段时间就好了。”

女儿提高音量，说：“别没事没事。赶快去洗脸，用我这个护肤霜早晚擦擦。擦完了放回洗脸池架上。记得要多擦几天啊！美容美容，脸上手上就好了。”

王老汉边擦边应答：“好，我美容美容几天看看。”

擦过一回后，王老汉感觉舒服多了。当他再想擦一次的时候，面对洗脸池架上大大小小的瓶瓶罐罐，他再也找不出女儿递给他的那瓶护肤霜。他一狠心，胡乱抓起一罐，打开来用鼻子嗅了嗅，香味和那瓶差不多，就大胆在脸上涂抹开了。

这一次，他长了记性，特意在小罐盖上做了一个记号，再用，就不需要努力去找了。

装修还没完工，王老汉的脸出问题了，鼓鼓胀胀，难受而且难看得要命。女儿带他到社区医院检查，半天查不出任何病症来。到市人民医院皮肤科，请专家把脉，也是一无所获。这事就怪了。

女儿急得要命，王老汉忙宽慰女儿说："我这老脸不碍事，没什么大不了的!"

女儿听了父亲的话，突然来了灵感："没什么大不了的"？莫非他用了我的丰乳霜？回家一看，果然，她哭笑不得。

为了不给女儿添麻烦，王老汉偷偷溜回村里，邻居们见他脸肿得像水桃似的，纷纷惊问："你脸咋了，谁打了你吗?"

王老汉嘿嘿一笑："只是摔了一跤，没什么大不了的!"

王老汉摆摊

王老汉生有三个儿子一个女儿，最让他感到骄傲的是小儿子，老四在城里做事，还娶了一个城里的女人。然而，时过境迁，儿子儿媳都下了岗，夫妻双双把家还。他们的日子过得十分拮据。

得到这个信后，王老汉寝食不安，整天牵挂老四一家。这天，王老汉让老伴把大儿子、二儿子和三闺女全叫到家里来，要求他们帮帮老四。儿大不听爹娘话，他们个个面有难色，纷纷诉苦：“爸，不是我不想帮，我家也有难处哇！”

王老汉不高兴了，喝道：“古话说，打虎不离亲兄弟！要亲兄弟干什么，就是要对付难处啊。你们什么也别说了，每家每年出 100 斤米、50 斤油，直到老四找到了工作。”哥姐几个心中多有不快，但鉴于老父亲的威严，忍气吞声，勉强答应下来。

此后，王老汉定期进城，把油和米往老四家里送。每次见到城里的儿子儿媳，王老汉发现他们除了在家里唉声叹气之外，不会去想别的办法。他问老四：“你这样下去，怎么行啊？人总要寻条活路。”

老四说：“不这样，还想飞天啊？下岗的人这么多，政府一下子怎么安置得过来。”

王老汉说：“你不可以摆个摊？”

老四说：“怎么摆？没钱进货，也没钱交杂七杂八的管理费。”

王老汉不信，认为他们是在找借口，偷懒。他想摆个摊给他们看，就在城里住了下来。

王老汉在大街小巷逛了很多天，没发现什么好点子。这天，他来到一家商场门口，见站了不少人，就向人打听。原来，这家商场每天向前十名顾客派发小玩具。

居然有这等好事？王老汉一下子就来劲了，也加入到等候的行列。头一回，他就成功了，领到一只毛茸茸的玩具熊。

一个多月过去，王老汉领到30只小玩具。这天，他拎着这些玩具，在一所小学门口，用捡来的一张晚报铺了一个小小的地摊，向小朋友们兜售。一盅茶的工夫，王老汉就卖完了，收到200来块钱。

有了这笔钱，王老汉就到批发市场批来了各种各样的玩具、文具和小吃，装在手推车上，在那所小学门口摆了活动的小摊。他起早摸黑，辛苦是比较辛苦，一个月下来，也能赚个三四百，够老四一家的柴米油盐一应开销。

终于，王老汉吃不消了，决定把自己“空手套白狼”得来的小摊，无偿地转给老四。让他不可思议的是，竟然碰了一鼻子灰。

儿子说：“这样的生意，都是老头老太太做的，我们接过来，太不像话了！”

儿媳说：“一天到晚累死累活，才挣那么几个钱，划不来。”

王老汉火了，大声喝道：“你们像什么话？年纪轻轻，看不中小买卖，看不中小钱，难道就看中在家里等死？”

这时，孙子开口说话了：“爷爷，我们饿不死，政府有补助呢，每月200多块！”

王老汉实在是气不过，悄悄地离开了老四的家，回到村里。

老大、老二和老三仍然按期送来米油，王老汉说：“从今往后，这米这油就不用送了，老四在城里饿不死呢！”

哥姐几个一脸的惊愕，不知王老汉发现了什么事情。

少应一次门

齐老是一位离休老红军，住在市郊军区老干部休养所的一幢小别墅里。为了能够采访他，乘车来到干休所，我向传达室的大爷打听齐老的住处，大爷笑呵呵地说："找齐老啊，好办，敞开院门的就是他家。"顺着值班大爷的指点，我在干休所大院里来来回回地找寻开门的小院。所经过的十几座小别墅，院门都是铁门紧闭，铁锁紧锁。细细一想，现在已不是"夜不闭户"的年代，紧闭家门是再正常不过的事了。

我在临山的一座小别墅前停了下来，在院墙外细细地看那扇敞开的铁大门。铁门很粗糙，不是名牌防盗门，而是几根钢筋随便焊接而成的。可能是经风经雨太久，铁门已是锈迹斑斑，显得有点苍凉。铁门的正中央嵌着门铃按钮，上面已布满了蜘蛛网，像久无人住一样。

我在门外大叫了几声："齐老，齐老在家吗？"没有人回应。我径直走进院门，立即看到一个整洁有序的小院，鹅卵石甬道纤尘不染，甬道两旁繁花争艳，蜜蜂嗡嗡地飞过，空中有股奇异的花香。显然，这是主人辛勤劳动的结果。

来到三层小洋楼前，我发现，进屋的门也是开着的。更令人称奇的是，走进屋内，所有的门都半掩着的。

客厅里，齐老拿着放大镜在看报纸。或许是听到脚步声，他说："你来了，找个地方坐吧！"他仍在看报，头也没抬。我不忍心打扰他这份平静，静静地等他把报看完。

我问他："齐老，您家怎么不安个电话？"

齐老说："要电话干啥？有什么话见面谈不就得了。所里以前给我装了，我嫌吵，就叫他们撤掉了。"

我又问："那既然嫌吵，那你干吗还敞开门来？"

齐老说："有客人来，门铃吵得人难受，还要走那么远的路去开门。我现在把门打开，客人来一回，就可以少应一次门，省事。"

这话从齐老口中淡淡地说出来，却给了我深深地震撼。想一想，"少应一次门"多不简单啊，包含了对人最大限度地信任，对待世事最大的淡然。少应一次门，是一种为人处世的境界，显出透明、澄净的人生底色。

少应那一次门，对所有的来人，都持极度宽容的欢迎态度，来者都是客。进到屋里来都能受到"你来了，找个地方坐吧！"的待遇，看似平淡，实则比一千句虚假的客套话和一万种虚伪的热情，要受用得多。

树

一河隔两岸，东边是繁华的城市，西边是幽寂的树林。河西，绿树掩映下，一排排树肃穆而立，一个个人清淡而活——这里是一个研究树木的科研所。沟通树林和城市的是年代久远的古渡，一个摆渡的老人撑一条破旧的渡船，一天到晚在两岸之间摆来摆去。

河西树林人学林研林用林，同时又厌林弃林逃林，埋怨自己进错大学入错行。实在耐不住清寂和贫寒之苦，是人才的不是人才的都向往外面的花花世界。“走四方，闯天下”成了他们最高的集体无意识。所里不强人所难，谁想走拍屁股立马就可以走人。他们深知“身在曹营心在汉”是干不出一番事业来的，坑了所里也误了人家的前程。

背起包袱，踏上渡船，离林人心如飞鸟，仿佛远处成功在等候，当然也不忘说一声：“树木、树木、木头、木头，再待下去人都要变成一棵树，脑袋快成了木头！又苦又穷，适宜长树，不适合人住。”

摆渡老人眼睛眯成一条缝，似笑非笑，漫不经心地说：“不回来了，年轻人？”

“不回来了！”年轻人恨恨地说。

这样的话老人不知听了多少遍。老人把很多年轻人摆出树林，摆得河西树林更加幽寂，甚至有点凄凉。

一天，河东上来了一个戴眼镜、背行囊的年轻人。

老人问：“从哪儿来呀，年轻人？”

年轻人说：“北林（北京林业大学）。”

老人说：“好，有名的大学呐，往哪儿去？”

年轻人说：“对岸呀！我来这儿工作。”

老人说："好，搞树木的好，清静。当然，也清贫。"

年轻人说："干事业需要清静，清贫不算什么，这我有准备。"

老人说："对了，人要向树看齐。树籽落到哪，就在哪生根发芽，临风而生，吸露而长，不择土地优劣，沃土长成一棵树，瘠土照样长成一棵树。树不埋怨自己命不好，也不羡慕别人的机会比自己佳，只求活出自己的风采，长出自己的特色。树深深扎根土地，不委身于风雷，不屈服于雨电，唯一的目标是向上长。树其实很平凡，但树的精神不平凡。年轻人，你说呢？"

年轻人说："你说得太好了。"

老人站在船上目送着年轻人上岸。

老人心里说，年轻人，能长久待在河风吗？以后的日子，好自为之吧！

年轻人心里说，不愧是科学的殿堂，连与科研所没甚关系的摆渡老人都有满肚子的树的哲理。

年轻人久久地伫立在西岸古渡口，油然而生对河风中的摆渡老人和树林中的科研所的敬意。年轻人在河风吹拂下，对未来信心满怀。

岸上岸下，一老一少站成两棵树，两棵风中的人树。

第五辑

大爱如山

没有爱到不了的地方 / 花香盈袖

把爱传给妹妹 / 挖树洞，藏怒火 / 送伞

你为谁攒钱 / 有事，回来 / 爱你所爱

陌生女孩的来信 / 幸福经不起追问

一年一包明前茶

没有爱到不了的地方

两岁那年，他被父母遗弃在路边，因为他是一个小儿麻痹症患者，下肢扭曲，走路一拐一拐的。

一位中年妇女把他从死亡线上拉了回来，把快要冻僵的他抱在怀里，忐忑不安地抱回家。然而，他一到女人的家里就被她的丈夫踢出门外。为此，女人还挨了丈夫一顿暴打。

女人哭哭啼啼地把他重新捡回来，跪着向丈夫哀求道："你行行好吧！他这么可怜，求你给他一条活路。"她的丈夫瞪了一眼，哼了一句便没作声，算是默许。

他在女人的怀里渐渐长大，脸上的笑容像天上的彩云，惹得女人喃喃自语："宝宝乖，宝宝真乖！"他笑得更欢了，咯咯的笑声，像蜜一样把女人裹住。女人幸福得要眩晕。

7 岁那年，女人得病死了，他被女人的丈夫轰出了门。

他从女人家一瘸一拐地走了出来，太阳很亮，亮得他睁不开眼睛。他在街上来来回回地走，"笃笃"的拐杖声引来很多奇异的目光。没过多久，他蓬头垢面，成了一个地道的乞丐。

这天夜里，他被呼喊声叫醒了，那是一个女人在给她的儿子喊魂："归来哟，宝贝！归来吧……"他爬了起来，远远地跟着喊魂的女人，跟了一路。女人也不惊，他走她也走，他不走她也立住，由他跟着。

到家门口，女人问："你跟着我干吗？"

他说："我找妈妈。"

女人鼻子一酸，把他紧紧地抱在怀里。他又做了这个女人的儿子。

夫妇俩对他很好，给他吃好的，穿好的，像对亲儿子一样。他们还不厌其烦地教他学走路，到他念高中的那年，他丢下拐杖，可以独立行走了。

爸爸说："儿子，好样的。"

妈妈说："这样妈就放心了。"

他听着爸爸妈妈的话笑了，眼泪却止不住地往外流。

高一学生去郊外爬山，是他所在中学不变的规矩，一来锻炼学生体质，二来考验学生毅力。说到去爬山，同学们欢呼雀跃，唯有他一筹莫展。

他说："我不去了！"

大伙争着说："去吧，我来帮你！"

在很多同学的帮助下，他如愿地登上目标中的高山。望着山下起起伏伏的山脉，他的心里升腾起极为复杂的感情。

领队老师对着茫茫群山说："苍山如海。每攀上一座山，对我们来说，都是一大胜利。但每登一座山都要有意义，否则就失去其应有的价值。比如，前面那座如庙一般形状的大山就没必要去爬，据当地百姓说，进得去出不来。"

他很敏感地捕捉到领队教师最后那句话的潜台词，把它默默地记在心上。

高考那年，他失败了，思前想后，认定了走那条不归路。

这天一大早，他找了一个借口，离开了家，一步一步爬向那座"进得去出不来"的大山。

在半山腰上，他已累得不能再动弹了，山风在耳畔呼呼作响，鸟雀在头顶叽叽喳喳，昆虫在脚下嘶嘶鸣叫，他感到十分恐怖。死本身并不可怕，倒是通往死神的路上的许多原本普通的东西让人感到毛骨悚然。

午后，他跌跌撞撞摸进一个岩洞，洞壁上几行字吸引了他的注意。看罢"壁上天书"，感受到当年领队老师的爱，一字字一句句地刻在上面。他觉得自己来此山寻死荒唐可笑，下决心要在天黑之前赶到离山最近的公路。他按壁书上所说的，在洞内饮过清冽的岩泉后，迈开大步往山外走去……

夜幕降临，他边走边爬，终于来到公路旁，向一辆卡车挥手。莽莽苍山，他一个人在孤独地挥手，那是他在向新生活招手。

多少年后，他在生养他的城市开通了一条心理咨询热线。他给自己的热线起了一个很长的名字：没有爱到不了的地方。

这也是"壁上天书"的大红标题。

花香盈袖

情人节那天风很大，疾风把春寒渲染得淋漓尽致。大街上，行人急急地来，匆匆地去，片刻也不愿在寒风中逗留。

几个单身的同事，从一开始就显得烦躁不安，像是急火攻心似的，他也不例外。因为发奖金的事，他和一个同事大吵了一通，局面搞得很僵。之后，他坐立不安，心神难宁。下班了，他顶着大风在大街上踽踽独行，迎面而来的是一对对笑得非常灿烂的情侣。他身边没有伴儿，只好眼睁睁地看着一对对手持情人节玫瑰的同龄人，露出一副羡山慕水的可怜相。

满街鲜艳的玫瑰，装点的是别人的心情，而他什么也没有。

走过一条又一条街巷，他寂寂地来到行人、游客稀少的广场。草坪在风中暗暗地泛着青绿，那里面蕴藏着一个春天。三三两两的游客，都是成双成对的恋人，相依相偎着，在玫瑰的引领下丈量爱情的长度和深度。他在纪念塔的台阶上择一级兀自坐下，劲风吹来一阵阵寒意，有股蚀骨的悲凉。

一个卖花的姑娘“蹬蹬蹬”地跑了上来，喘着粗气对他说：“叔叔，这枝花送给你!”

他先是一愣，然后感觉里面有诈，不耐烦地说：“不，我不买花。”

姑娘冻得发紫的双唇微微开启，不经意间流露出纯美的笑容。她说：“我送给你的，不用你买。不过这枝花有一花瓣被挤坏了，而且，还掉了一片叶子。你不在意吧?”刹那间，他感到一股温暖，像一江春水在心头翻涌。

他笑笑，收下了。姑娘说：“我看你一个人在这儿，一定是心情不好，所以，就送这枝花给你。这也是我今天卖的最后一枝，希望你喜欢，也祝你情人节快乐!”

他刚想表示谢意，姑娘抽了一下鼻涕，转身风一样走开了。

这枝情人节玫瑰虽说有点缺憾，可它是那么美丽，在他手上像一团火一样，热烈、奔放，富有人情味。手持寂寞的玫瑰，他离开了广场，心情好了许多，仿佛拥抱着整个春天。在这个没有情人的情人节里，有这朵玫瑰花在，再阴沉的天，也像是艳阳高照，再阴冷的心，也会激情满怀。

他哼着自编的小曲，来到一家街边排档吃完晚饭。突然，看见一个女孩孤独地在一棵法国梧桐树下，阴沉着脸，一副伤悲的样子。这女孩他认识，就是那个与他闹僵的同事的女友。他将那玫瑰送给她，友好地对她说："祝你情人节快乐!"她笑了，笑的样子非常好看。

回到宿舍，外面的风歇了，淅淅沥沥飘起小雨来。他看到和他闹僵的同事，就在他门前，手持一枝红玫瑰静静地站立。见他回来，那人淡淡地说："送一枝玫瑰给你，祝你情人节快乐!"他俩都笑了，一天的不快顿时灰飞烟灭。

他接过玫瑰花，仔细一看，不禁愣住了，原来，它有一瓣花被挤蔫了，而且，还少了一片绿叶。这花不正是广场那个卖花女送的吗？他想起那句经典的话：送人玫瑰，手留余香。今天他想补充的是：接人玫瑰，花香盈袖。有余香留手，就有真爱相随，有花香盈袖，就有真情相伴。人世间并不缺真情和爱，而是缺少送人玫瑰的勇气和接人玫瑰的坦然。

把爱传给妹妹

来找他的人很多，不过，分分类，也就那么两种人，一是商人，另一就是妹妹。这么大一间公司，商贾云集，络绎不绝，那是理所当然。可是，凭什么会有那么多妹妹出入其间呢？

有一个问题，作为公司老总他也没法搞清楚：“我究竟有几个好妹妹？”同样的问题，不少朋友也无数次问及：“你究竟有几个好妹妹？”他付之一笑，笑容里深藏着外人无法捉摸的幸福，那是他心里涌起的泉，一滴滴，温热如初春暖阳。

尽管有那么多好妹妹，在心里，他永远记得那个没能熬过16岁的亲妹妹。那是他灵魂里永远的痛。

那时家里很穷，妹妹只能穿他剩下的衣服，长衣长袖，宽宽展展，像是从戏里走出来的古典小女子。妹妹在学校老是因为穿衣问题被人嘲笑，回到家里，哭着闹着，要换新衣，而且非要女式的不可（她已经有极敏锐的性别区分感）。俗话说“哭闹的孩子有奶吃”，可妹妹的哭闹不但没要来新衣，反而要招来父亲的一顿暴打。声声哭喊，总让他揪心的难受。

20岁那年，他考上大学，妹妹却积弱成疾，住进医院，家里刚好凑齐他读书的钱，哪有能力负担妹妹的医药费？书误了，可以从头再来，而妹妹的命只有一条啊。一急之下，他离家出走，只身来到省城一家服装厂打工。初入社会，他只是一名小工，搬搬布料，送送货，每天辛苦却没几个钱。

半年后，他把自己挣来的700元送回家，妹妹却在坟茔里头沉睡，只有荒草一堆与他无声对视。那个穿他旧衣，活泼灵动的小妹妹永远离他去了。妹妹就这样淡出他生命的轨迹，只留下酸涩的回忆，让他苦嚼。

一次，他在工休期间，读到一双忧郁的眼睛，那是“春蕾女童”贫困榜上无助的女孩的眼睛，一遍一遍，让他情不自禁地轻念出声：妹妹！他把自己的钱拢了拢，剩下一点生活费，其余都捐助给春蕾女童。

由一名普通的打工变成个公司老总，随着他不断成长不断进步，他的春蕾妹妹越来越多，以至自己数也数不过来。

来公司找他的妹妹的大都是学业有成，来回报他的，他只给前来的妹妹们指了一个地方——他故乡的后山，希望妹妹们到自己妹妹坟前插一枝野菊花。有时，他会开车带妹妹们去上坟，看看自己熟睡多年的妹妹。

秋去春来，野菊花香浓香淡，花盛花枯，渐渐的野菊花枯枝如挺立的标杆，像是竖着一面面写满思念与爱的风旗。

有记者问他："当初你那么苦，自己非常穷，为什么会考虑捐助春蕾女童呢?"

他说："我也说不清楚。有一点是可以肯定，我想念我的妹妹，太想了。我妹妹受了太多的苦，就像那些春蕾女童一样。我不想让悲剧重演。"

记者又问："有人曾封你爱心天使，政府也授予你献爱心先进个人，你怎么看待这些荣誉呢?"

他笑笑说："我不是天使，献爱心也谈不上。我认为我只是把爱传递下去，我的妹妹无法接受到我传过去的爱，所以，我希望天下更多的妹妹们能够在心里感受到。不错的，此生我最感荣幸的是我不知自己有多少个好妹妹，她们在自己人生旅途中会记住我这个哥哥的！我不希望妹妹们回报我，只愿她们将自己心中的爱继续传递，哪怕是传给自己的父母、丈夫或孩子。"

在电视上听到他这番话，我的眼睛为之湿润，是啊，扪心自问："我究竟有几个好妹妹呢?"或者，我把自己心中的爱妥妥当当无私无欲地传递出去了吗？爱不是施舍一般地献出，更不是投入产出表中的回报率，它是以一种插花的心情，平平静静，无声无息地传递过去的。

把爱传给"妹妹"，传给我们的亲人，甚或触手可及的每一个陌生人，哪怕是一句温暖的话，一个关爱的眼神。每一次传递，这个世界便多了一枝野菊花，繁花遍野，每一阵风吹过，朵朵花瓣都将摇曳出一段沁人心脾的人间真美来。

挖树洞，藏怒火

那一年，姐姐高考落榜，离家出走了。

她的消失，没有一点儿的征兆，吃完早饭，和往常一样提篮打猪草，平时，半晌就能回家，这一次却是没回。父母还以为去秧田看水了，也没在意。午饭没回来吃，妹妹猜想她到邻村的姨娘家找表妹玩去了，因为表妹下学期也要读高三了，她们俩很谈得来。也就没放在心上。直到天黑，父亲在自家菜地发现姐姐遗下的装满猪草的竹篮，才明白，是悄悄出走了。一个突然失去女儿的男人和一篮女儿留下的“遗物”，在夕阳冷寂中默默相对，天地也为之落寞。他只低叹了一声：“干吗要走呢?”有泪从心里外往溢，苦苦地流湿父亲的心情。

冷言冷语迅速在村里凝聚，一句句像冷箭从各个不明方向射向这个可怜的家庭。

“本来就没有男崽，两个绝户女儿又少了一个，这个家，完蛋了。”

“我看那女娃就不纯正，在县里读了几年书就学得骚里骚气，现在也不晓得她溜到哪里去害好人家的儿子了——”

……

“我早知道这家的两个娃就不是什么好东西，要提防那个小的，别害了我们村里的好男崽。”

母亲日日以泪洗面，万般愁苦，一肚子心事，却无处诉说。一日三餐煮好后，她动几下筷子，泪就滚落下来，滴滴入碗，泪伴饭，咸苦如海。父亲的叹息一声比一声沉重，长长烟斗，一锅烟叶上，一锅烟灰下，堆堆灰烬，是一个父亲不绝的思念。

流言蜚语像沉重的铁皮，把一家人团团包裹着，围得密不透风。他们在铁皮鼓里翻腾着，抵抗着，艰难地过活着。

如果没有后来那一场恶架，一家三口注定会在郁郁寡欢当中，心碎无痕。

那天下午，妹妹放学归来，满脸是血，手上胳膊上青一块，紫一块。母亲见状，一把抱住女儿，泪无声地流淌，把女儿后背厚衫子洇湿了一大片。妹妹见状，终于哭出声来，一边哭，一边说："妈，是她们先欺负我的，她们骂姐姐，还骂我……"母女俩哭成一片，把屋檐上栖居的鸟儿都惊飞了。那些乖巧的鸟儿在离屋不远的大树上叽叽喳喳地叫着，一声比一声悲凉，成了这对苦焦母女的背景音乐。

父亲推门进来，责问小妹："你为什么要与人打架？你怎么打得过那么多人?"

妹妹抽泣着说："她们骂姐姐是狐狸精，去勾引野男人去了，还骂我是小狐狸精，拿石头掷我……"

父亲愣了很久，最后对小女儿说："别人骂你，你不理他；别人拿石头扔你，你就跑开，躲他。你要是生气，回家后，就跟我去松林……"

母亲把女儿清洗干净，在伤口涂抹青油，在淤血处贴上膏药。父亲把女儿背起来，直奔离家一里多路的松林。父亲在松林树上钻了很多洞，以引流松油。现在，他把女儿抱起，让她的小嘴对着树洞，无声地将心中怒火喷向那方小小的洞眼。等她说完，父亲抓起一把新泥，小心翼翼地把洞眼堵住，所有的怒火，都藏进树洞，心，就平和了。

离开松树，妹妹感觉风轻云淡，了无挂碍。她甚至牵着父亲的手，一路蹦跳着回家。

那片松林雪藏了 119 次洞怒火之后，姐姐回来了。

父亲见到离别一年的女儿，火冒三丈，高喊一声："你这个混蛋……"

妹妹扯住父亲的衣角，对父亲说："爸，咱们到松树林去吧！"

那一刻，父亲飞奔了一路，气喘吁吁地在一棵松树前站定，迅速把嘴凑到树洞边沿，将积了一年的怒火吐进那眼小洞里。然后，找泥封住，封住一段不平的历史，藏进一个男人对女儿的愤恨、牵挂和思念。

做完这一切，父亲转过身来，姐姐一直站在身后，默默地看着父亲像个顽皮的孩子，对着一棵松树说心事。她兴奋地告诉父亲："爸，我考上北京的大学了！"

原来，姐姐失踪是因为怕父母阻挠她复读，农村人的想法是"女儿是别人家的人，读再多的书也没用"。再说，家里已拿不出钱，为她交复读费。姐姐与几个落榜生到广东打工半年，然后用挣到的钱交学费，回到县里复读半年了。

这一回，她考上大学了，成了村里第一个女大学生！

全村为之震动，所有骂过没骂过她和她家人的人家，在她去北京之前纷纷送来四个糖煮鸡蛋。一碗鸡蛋一份歉疚一份情，连同那一个个被红泥封藏的树洞，成了村里独特的风景。

"不怒不怒，怒无用，雪藏于树洞，意味无穷。"这是姐姐去北京之前，写在妹妹笔记本上的一段话。

送伞

电影《孔雀》里一个镜头，给他留下了深刻的印象，似疏疏朗朗的夜云，在月下投来或明或淡的影子。一个雨天，傻大哥给正在上学的弟弟送伞，惹来一串麻烦。电影一晃而过，往事却像电影那样，在脑海里一幕幕清晰地闪现。

记忆中，童年总是下雨，树叶湿淋淋的，街道湿漉漉，一眼望去，花花绿绿的伞，似五彩云霞，在雨中飘逸，游走。一场措手不及的疾雨，总会把父亲招来，他一手扶着一辆长征牌自行车，一手撑着一把如盖的黑色尼龙伞，笑眯眯地在校门口等他。

“爸——”老远，他就大声地叫唤。

父亲用袖管把后座擦干，扶他坐上去，然后，左脚踮地，右脚蹬车，“嗖”地一声，在雨中飞驰。黑大的伞稳稳地把他给罩住，那是父亲赐予他的晴空。回到家里，父亲的前胸、衣袖、裤管湿得滴水，像只落汤鸡。

小地方没有接送孩子的习惯，他老盼望下一场无征兆的雨，那样，父亲就会撑伞骑车来接他。更多的时候，去上学就大雨酣畅淋漓，母亲替他穿好胶鞋，扶正书包，教他打伞上路。“不要去踏积水啊！路上小心——”母亲的叮嘱在一阵阵风雨中弱了下去。

后来，父亲就不骑车接他了，往往是母亲来送伞。父亲身体不好，特别是在风雨天气。送伞的母亲，手里打伞，腋下夹伞，风风火火，穿过大雨浸淋的街道。站在教室门口，母亲已是一身风雨，头发湿成一绺一绺的，脸上雨珠一滴一滴往下落。他从后门出来，高兴地喊：“妈，送伞来了。”接了伞，赶紧回教室，门一关，把母亲那句“路上小心”关在外面。他怕老师，不敢和母亲多说一句话。放学了，同学们都说：“你妈真好，会送伞来。”没有谁怪家人不送伞来，因为，在雨中奔跑也不失为一种乐趣。

放假在家里，遇上不速之雨，他本能地打一把夹一把，给母亲送伞。母亲的工厂在离家不远的南门口，不一会儿就到了。他问门卫："我妈在什么地方上班？"门卫问过他妈叫什么，便直夸他："真是个好孩子，知道给大人送伞。"

母亲见儿子来送伞，直乐，摸摸他的头，问："儿子路上没摔跤吧？没淋着吧？"他坚定地回答："没有。"他把伞放在母亲手上，转身就走，身后母亲的同事夸赞他："你儿子真懂事，会送伞呢！"

那一天黄昏，风雨如晦，他和母亲坐在家里等父亲回来。邻居来报信："你爸爸在南门口商店躲雨，叫你送伞去！"母亲拿好伞准备出门，他抢了过去。母亲笑了，在心里夸了一遍儿子长大了，懂事了。她系上围裙做饭，嘴里哼着小曲。

饭在喷锅，菜香四溢，只听见他在门外大喊："妈——妈——爸不行了。"

母子俩赶到南门口商店，父亲已安然睡着了——永远地睡去。父亲有高血压的疾病，一路狂奔回来，血液沸腾，攻心钻脑，撒手归西。他怪自己没有早点儿给父亲去送伞，心里投下浓重的黑影。母亲丢下撑开的伞向父亲狂奔而去的那一幕，永远定格在他的记忆中，那是一个与伞有关的生命片断。

从此以后，无预感的疾雨似乎与他作别，在大城市里，雨带给人阻碍的困难远远不及小地方。他在宿舍和办公室里，分别放置了一红一蓝两件雨披，只要有雨，雨披就是护身符，给他生活轨道的两端，制造无雨的天地。

恋爱时节，他想起给女友送伞，然而，弄巧成拙，送一个散一个。离去的女友众口一词："谁稀罕你送伞，我打的多方便，也不会被雨淋啊！"后来才知道，大城市的人信邪，所谓的送伞，就是散伙的意思。他不明白，只知道送伞是送一片晴空。

有一天，他在外面办事，被雨挡在那家单位的大厅里，一位女同事，给他送伞来了。他找到了一种真实的感觉，甜蜜、苦痛、幸福和悲伤，种种情绪，如漫天雨丝在心里乱飞。女同事只有一把伞，一把天堂牌小花伞。他打伞，与她比肩而行，风雨在伞外鸣唱，就是这柄伞将他和她带入天堂——爱情天堂。

几年后，儿子上幼儿园。雨天，她打电话给他："我去给儿子送伞！"他回答："我先给你送伞吧。"其时，他无伞，开着枣红色马自达接了她，再接儿子。

你为谁攒钱

王老汉在南昌的城中村一待就是二十几年，一头雪白的头发，一脸深壑般的皱纹，看起来很有古道仙风的意味。王老汉的两个儿子都在县城跑摩的营生，他们各自都有一双儿女，而且都是先女后男，儿大女小。

虽说王老汉在省城混了几十年，但没有半点城里人的气息，就连做寿都遵从老家的习俗，做九不做十——59岁过60岁的生日。儿子再不济，父亲的寿日还是要来庆贺的。王老汉见儿子大老远地从县城赶来为自己祝寿，蛮高兴，给正在上初中的大小两个孙子一人一包奶糖。他的老伴更是亲得不得了，拉过长孙，拢来幺孙，嘘寒问暖。

王老汉问："女儿为何不来？"他们不好意思地说："打工去了。"儿子们这样做，理由很简单，女儿迟早是别人家的人，读书是花冤枉钱，不如早点出去挣钱回家。王老汉摔碎了手中的茶杯，大吼一声："混蛋！你们混蛋！"

原本快快乐乐的喜事，这么一摔，愁云密布，变成了忧心事。

两个儿子回老家之前，王老汉逼着他们每人上交1000元，他要买辆电三轮接客，挣得钱，留给孙女上学，每月500元。虽说一万个不乐意，老爷子一发威，都怕了，都是不得不交。至于要拉女儿回来读书，两个儿子不约而同地打阳奉阴违的牌。

有一个疑问，两个儿子怎么也没搞明白，老爷子怎么对自己的孙女外出打工，那么惊怒，那神情简直是一只愤怒的猛虎。转身去向老妈求证，她也说不出个子丑寅卯来。

年届70的王老汉开始了风里来，雨里去的"拐的生活"。这座城市，不允许人力（电动）三轮、摩托等跑客运，只开了一个口子——残疾人可以骑行，甚至政府还赠送一大批三轮摩托车给他们。而他们仰仗政府的关爱，公然载客，执法者查见，鉴于弱势者，也只是口头批评，然后提醒他们注意安全。后来，健全男子效仿，人们就统称作“拐的”。

跑“拐的”的人都很辛苦，但收费低廉，塞车时，能在车缝中穿行，时间上有一定的优势。一般来说，只要不懒，两千来块还是很容易挣到的。王老汉年事已高，跑不得那么勤，不过一月下来，收入也相当可观。老伴每天收到王老汉上交的钱，眼都乐成一条小缝，天天晚上炒上几个好菜，一杯好酒，都等着他。攒到一定数量，老伴就将钱交给两个儿子，天长日久，他们从老爷子那里都领到了两三万块钱。

王老汉的收入是一根正弦曲线，从最初投入的5000块钱出发，每月的收入都围绕1500上下浮动，夏秋天长舒适乘客多，能挣到近2000，冬春雨雪足天寒地冻坐的人少，但少也不会低于1000。这样的日子久了，老伴对王老汉的多少收成掐得非常准，少了丝毫，都无法逃脱她的法眼。

这一年，王老汉的收成锐减。年关，老伴怒气冲冲地责问他，到底钱花到哪去了？这一年来，王老汉神出鬼没，有时心事重重，有时眉开眼笑，凭借她多年的经验，断定他这个老不正经的，一定在外面沾惹花事。王老汉心虚，百般狡辩，推说是在外面多喝了几碗汤，车子老化修车花了不少钱等，都经不起反驳。

老伴急红了眼，从厨房里拿来一把菜刀来，放下一句话：“今日，你要不说，我就把我的手剁给你。你若是真在外面找了野的，或者去嫖了，我就砍你的手下来。”事已至此，王老汉只好如实招了。

王老汉的确把钱花在了按摩店里。

现在的按摩店，里面的服务员是不懂按摩的，他们和美容美发店不会剪发一样，只是卖春。王老汉深知其中的奥妙，从来都不去沾染。但一同蹲坑候客的伙伴常光顾，回来大加渲染，王老汉就谨记于心，渐渐对于什么地方是什么价，姑娘漂亮年轻否，做事安全否等事项有所了解。有时载的客人，开口就要找个实惠的或者有年轻女子的店玩玩，王老汉也能照顾客人所需了，载着去保准满意。这样的乘客并不在乎“拐的”钱，出手也大方。

有一次，王老汉出车时小腿受了伤，涂抹了舒筋活络的药，好得并不快，经人指点，便想到去按摩店里去接受推拿按摩的保健治疗。王老汉选择的是一家牌子上写着“正规按摩”的店，进去一看，一色的三五十岁的中老年妇女，也就彻底放心了。前台服务员引导他趴在按摩床上，倒上一杯水，让他等着。进来一个40来岁的按摩师，让王老汉的心为之一惊，情不自禁地问了一声："你是哪里人呀?"她说："辽宁的。"王老汉听出赵本山的味，不由得不信了。按摩师一边把自己脱光，一边急问："你还不脱吗?"这一举一问，王老汉才算明白，所谓"正规按摩"其实并不正规。

王老汉让她别脱，求她帮自己揉揉伤痛的腿，一边揉一边闲聊，而且照样付钱。得知她在南昌没有亲戚，王老汉更加迟疑了。他不停地自问："这到底是怎么回事呢?"她见王老汉心地善良，就将自己苦楚全倒了出来。老公跟富婆跑了，自己又没有工作，两个女儿还在读书呢，一个大学一个高中，花销太大，做别的不成，没办法只好干这行。

按完之后，王老汉说："以后，我每个月给你500元，钱挣得差不多，你就回去吧。"按摩女笑了，说："谢谢你的好意，你不用对我这么好！我都没跟你做什么，以后怎么回报你啊?"

老伴惊问："你脑子里哪根神经搭错了嘛？一个月给人家500块？你要死噢！原来你攒钱就是给这个贱货啊！你敢说你跟她没睡?"王老汉对老伴把来龙去脉详详细细地说了一遍，老伴才有所软化，但要求去会会那个女人。

王老汉开着自己的电三轮，载着老伴找到那家"正规按摩"店。看到那个女人后，老伴情绪失控，紧紧地抱着她，大哭起来："我的崽呀——"按摩女不知所措，一双手僵直在半空中。

正如王老汉所说，这个女人跟几十年前自己送走的大女儿，长得很像。当时女儿只有四岁，因为紧接着又生了一个女儿，所以，就将大的送人了。女儿结婚的时候，那边送来一张照片，这么多年来，王老汉和老伴就对着照片，思念自己的亲骨肉。

按摩女明白了来人的意思，说："大娘，我真的不是你的女儿。虽说我没有见过亲生父母，但我养父对我说，我的生身爹娘是在东北。我非常感谢大爷定期给我送来的钱，现在我大女儿毕业了，找到一份好工作，小女儿也考上了北京大学。我和孩子一辈子都记着你俩老的好处。"

回来的路上，老伴说："老头子，你攒钱不为别的，是为善啊。我支持你。"

王老汉明白了，老伴算是原谅了自己。

有事，回来

这是一个真实的故事。

那时，她还年少，青涩如村口那一树尚未熟透的杨梅，少言寡语，低眉垂眼，走路只看自己的脚尖。念完初中后，没能继续上学，留在村里一如五月的泡桐花，虽不艳丽，却有奇异的香。别的女儿家，都密密挤挤地迎来一拨又一拨讨媳妇的人，而她却冷拒所有来人，一个也不见。

到了说媒的年纪，却是这般不听话，父母很是伤心，对她的担心，多过疼爱。生活，就有些不冷不淡，没油没盐了。她选择了逃离，一个人去了叔叔在镇上开的饭店，打打下手，做些杂事。

他是来饭店吃饭的常客，尽管他家就在街东口，离店不到百步。言语间，他面色红润，她喜上眉梢，但柔波流转间，什么都没有说破，什么都在羞涩的笼罩下，朦胧着，欣喜着，期待着，有时，也痛苦着。

直到有一天，她离开了叔叔的饭店，弃绝闭塞的小镇，一个人去了南方。

生活又回转到一个人的空间。哪怕厂里红男绿女，如花鲜艳，她也只是上班做事，下班发愣，没有知己，更没有男友。厂里谈情说爱的人多了去了，她坚决抵制着，不接触任何男子，从没想过要开放自己的心。

若要问，这都是为什么，她也不知道。

一晃过去了七八年，她已是二十五六的大姑娘了，在村里，这个年纪的女人，孩子都会打酱油了。这些年，她没有回过家，只有一笔笔的钱夹带着自己的辛苦与温度，从南方落到父母的手上。

直到一天，他发来一个电报：有事回来。

那个名字七八年没从自己口里说出，那个人却一直没有走出自己的心。刹那间，她想起过往的所有，有红晕在额头与脸颊荡漾。起初，她还以为叔叔出了什么事，让他帮忙拍电报，催自己回家，甚至还认为爸爸妈妈出事，但是，直觉让她排除了所有意外，握着一纸电报，内心只剩惊喜与期许。

辞工。买票。回家。

见到他时，仿佛不在一起的七八年压根不存在似的，他们像当年那样熟悉。仿佛她还是打下手的小女生，他还是她一个人的食客。

他说："家里天天催我去看女孩子，我烦都烦死了。所以就叫你回来。"

她问："叫我回来干吗？"

他羞怯一笑，双手不停地揉搓着，颤颤地说："想你嫁给我。"

她也笑了，用一种特尖细的声音说："凭什么呀？你就那么相信我会嫁给你？"

多少年过去了，他们的孩子都会满地跑了，她一不在身边，他就给她发短信："有事，回来。"他在外面疯，她也给他打电话："回来，有事。"真的有什么事吗？没有，只是有你在，心才安。你，是我的需要。你是我的安魂之宝。

纷繁的人世，有人影绰绰，有心事重重，有爱语万千，更有无情流布，但若是有真爱在心，一句"有事，回来。"也就镕铸了世间所有的爱。越过渺渺无岸的时间河，穿过摩肩接踵的凡人海，在长久的等待之后，在一个人守望到枯绝的时候，爱就是对心中的那个人说一声："有事，你回来吧。"

爱你所爱

爱是什么？倾其一生，世人又怎能说得清楚呢。

不过，在他内心有一个独属于自己的答案。

从陌路到相知，从相知到相爱，有的人，一辈子也走不完，有的人，也就是一瞬间。那时，他已离异，带着一个儿子，看着一个小杂货铺，紧巴巴地过日子。她来到他的小杂货铺买东西。看他一边招呼顾客，一边照应孩子，忙成一团乱麻，却不急不躁，笑迎来客，笑对儿子。见他第一眼，她满心欢喜，一股股暖流，从心里流出，身子热烘烘。她说话都带着颤音，内心紧张得不行。是欢喜，又带着些许心疼，丝丝羞涩。

那一瞬间，就喜欢上了。

经历并不曲折，但每一个相恋相爱的细节，都是两人铭记一生的感怀与激动。

她没有什么悬念地成了杂货铺的女主人，店里的生意，是旺火中添薪柴，越来越旺了。孩子有了妈妈，阴郁的脸上阳光灿烂，那张小嘴经常轻轻一撇，十分自然地挤出一丝丝甜美的微笑来。有了女人，男人才更像男人，家也才更像家了。

十多年过去了，家里的小杂货铺，竟奇迹般地发展成一家中型超市了。

岁月静好。正处在诸事安宁，一顺百顺的当头，突然之间，她像变了一个人似的，整天神神秘秘，躲着他和儿子，或者偷偷地打电话，或者长时间发呆。如果说是外遇吧，她又从来没离开家，不像有。如果说是被人骗了钱吧，家里的资金又没有产生离奇的黑洞，仍不像。

父子俩摸不着头脑。

到底是什么原因让她变成这样了。作为丈夫，他十分想知道，却又不愿意直截了当地去追问，夫妻之间，谁没个心事呢。留有足够空间，爱才有容身之地。他在等。等她自己说出来。

那天夜晚，她哭得非常伤心，开口一句就是：“老公，我不想失去你，不想失去这个家。”原来，十多年前，她中专毕业后，去找工作，被人拐卖到邻省偏僻的小山村，给一个大自己十岁的残疾男子当老婆。几年中，被严加看管，根本没有机会逃脱。直到生了两个孩子后，那家人，才稍稍放心。趁着空隙，她借口到小镇上买东西，报了警，才得以脱身。

那个给了自己巨大伤害与痛苦的地方，她一生再也不想去看，甚至连想一想，都觉得十分恐怖。但是，就在那个地方，有了自己两个亲骨肉——一儿一女两个可爱的孩子。而她之所以反常，是因为她的小儿子给自己写信打电话来了。儿子说，父亲去外面打工，再也没有回来，爷爷奶奶渐渐老去无力抚养，姐姐早已被送给别人，现在自己吃饭上学也十分困难……

她想自己的孩子，一想起来，就像万爪抓心，那感觉，让她难受得要命。

如果不是儿子身处窘境，她定会将此事永远烂在自己心里。可是，现在如何是好？不得不开口，向丈夫寻求帮助。

一夜无眠。

天明，他说：“你去把你的儿子接过来生活吧？”

她不敢相信，原本以为，他会提出离婚，将自己扫地出门，没料到会是这么一个结果。扑进丈夫怀里，她嘤嘤哭泣，许久。

考虑到十几年没见儿子，怕节外生枝，她没答应让丈夫一同前往。送她到火车站，临别，他说：“你一定要接儿子回来。”这一回，他没有说“你的儿子”。

他的话在风中飘荡很久，在她心里，注定要回荡一生：“只要你好，你做什么我都愿意，我都支持你。一生一世，一起走。”

他用自己的行动，回答了这个旷世难题：什么是爱？

所谓爱呀，就是爱你所有——不管好与不好；更是爱你所爱——不问愿与不愿。

陌生女孩的来信

应朋友之邀，上周我在南星策划公司青年写作培训班上，做了一个关于如何写好情感美文的讲座。公司里很多 MM 对我讲的东西感兴趣，不断有人递纸条来问东问西。

几天后，下班回到家里，我在自己的信报箱中收到一封来信，这是一个署名姗姗的陌生女孩给我写来的求爱信。

拆开一看，头一句就吓得我够呛：“亲爱的，我想我是真的爱上你了!”我是一个结了婚的男人，“妻管严”十分严重，这不是明摆着把我往火坑里推吗?

我怕妻子怒目，更怕妻子大闹天宫，很想把这封来信毁掉，但转念一想，这辈子除妻子之外，还没谁给咱写过这么肉麻的信，就这么毁掉，于心不甘，于是，便冒险隐藏了起来。等有机会，托朋友打听打听，这姗姗到底是个什么样的人。

谁知，当晚家里遭贼，与存折放在一起的陌生女孩的来信不翼而飞，而存折毛发未损。我暗自庆幸，还好没有偷掉存折，区区一封陌生女孩来的情书不足挂齿。妻子更是抱着不幸中有万幸的乐观态度，对失窃之事，不放在心上。

麻烦从天而降。

一个星期后，我收到窃贼的敲诈信，要我交出 5 万块钱来，否则将把那封肉麻的情书交给我妻子。如果被妻子知道这事，家里将永无宁日，但要我拿出 5 万块钱，也很不现实，因为买房家里还欠着 20 万元债呢?

左右为难。

思前想后，我觉得只有一条路可走，那就是坦白从宽。无奈之下，我准备把陌生女孩来信的事，向妻子一五一十地交代清楚。

那天晚上，我喝了半瓶红酒壮胆，告诉妻子：“我收到培训班上一个陌生女孩的来信，写得很肉麻！”妻子惊问：“那信呢？”我说：“早就被我毁了。我爱老婆，什么MM都不能让我分心。”妻子说了一声“好老公”之后，便乐开了怀。我自言自语地说：“我一直怕你吃醋，怕你骂我。”她捧腹大笑，笑得非常夸张，让我感到莫名其妙。

妻子说：“傻瓜，那信是我写的。现在不是流行看徐静蕾的电影《一个陌生女人的来信》吗？我猜你好像有点心浮气躁，有点向往似的，所以考验你忠不忠。”

原来如此，陌生女孩不陌生，她就在我的身边。

一场虚惊。

幸福经不起追问

她是我早年的邻居，嗓门奇大，说起来话来，破锣似的，吼得整个单元楼都不得安宁。最常听到的一句是：“跟着你，我幸福过吗?”显然，她是在追问自己的丈夫。

经她这么一问，他就受不了。这是催他离家的号角，不由得，怒气冲冲，摔门而去。下楼时，他虽行动迟缓，但透露出内心急切离家的渴望。每次他逃也似的离家，那鼻梁上架的高度近视眼镜，总也掩盖不住眼神的无力和呆滞。

她的丈夫，文文弱弱的书生样，像是刚从《聊斋》里走出来似的，而她不是他的狐仙。一次次，她“破锣”鸣响，追问迭起，他便要气恼，便要自卑，把头低下去，直低到尘埃里。

有一次，我和他相遇楼下花园的凉椅上。他呆呆地看树底下的蚂蚁搬家，一支烟，缩短了我们之间的距离，云淡风轻地聊开了。谈到女人和家庭，他话里透着无尽的苍凉和伤感：“我最烦她问我幸福不幸福的事！她这么一问，仅有的一点点幸福，也全被她问跑了!”

此语迅速地勾起了我的同感。是啊，天下女人，都喜欢追问自己的男人：“跟着你，我吃了多少苦，受了多少累！我幸福过吗我?”是否女人都想通过男人作为介质，以拥有通导幸福的电能？可是，男人会是这种神奇的介质吗?

幸福，能从追问中得来吗?

幸福是乌鸦嘴里的肉，你吃着，就幸福，若硬要追问：“幸福在哪里?”那么幸福就无情地掉落下去，再也无从寻找。

后来，我搬离了那里，长久地没有他们的消息。再见他们夫妇俩，她不再操起破锣似的嗓子问老公幸福在哪里，只是笑，甜甜地微笑。和他拉家常，他的话都挤出幸福之水来。临别，她一手牵着儿子，一手挽着他，说说笑笑，极幸福的一家三口。

一年一包明前茶

一年一包明前茶，作为一个谜，曾长久地留在我的心里，想去破解，哪怕寻找与之相关的蛛丝马迹，父亲却不给任何机会。

打记事起，父亲对我喝茶就极为反对，像是茶里有毒似的，生怕害了我。这和大人对待小孩抽烟，颇为相似。在村里，哪个小孩一旦沾烟，必将遭大人的棒打鞭抽，毫不留情。

有一次，我偷偷爬到八仙桌上，从高高的神龛里，取来父亲密藏的茶罐，偷闻那神秘的茶香。不料，被荷锄而归的父亲发现，我一急，一包茶全倾洒在了地上。万万没想到，父亲会发那么大的火，拎起我来就是一通毒打。我被打得皮开肉绽，像是受了一道重刑。这次痛苦记忆，实在太深了。每逢不听话，大人都会拿此说事：“再倔强，就要像那次偷茶挨打一样了!”每每听及，我骨子里，会情不自禁地抖出一身冷汗来。

那茶里，究竟深藏着什么秘密呢？如此神圣不可侵犯，让父亲视为命根子？

父亲的茶，一般在清明后半个月左右，由乡里的邮递员送来。至于是打什么地方寄来的，我一直没搞清楚，问父亲，从来没得结果。他说：“那是很远很远的地方。”他会把那个写了地址的邮纸包放进灶里，当引火材料烧掉。

乡村也通邮，却是一年半载难见上邮递员的面，村里人日日固守家乡，没有人在外地，当然就没有信会寄到村上来。见着背邮包的人来，大家就知道，陈先（仙）的茶来了。陈先（仙）是村人对父亲通称。父亲是村小学的民办老师，我们那里，对老师，就称某先；还有，父亲粗通医术，自古医巫不分家，村人称占卜的先生为某仙，后来，喊乡村医生，也叫某仙。称呼父亲，到底是陈先，还是陈仙，因为音同，判断起来，就相当模糊了。

邮递员对父亲的茶，极为欣赏，在父亲签收的时候，他会极力称赞那包茶："真是好茶啊。包得这么严实，远远的就能闻到茶的清香。"

父亲不置一言，呵呵地笑着，一笔一笔，极严肃地在邮递员的那本破本子上签自己的名字，像是在做一件极为庄重的事情。等邮递员一走，父亲就会把包打开，展览似的，让家人闻，新茶卷卷的嫩叶挤挤挨挨，嗞嗞地冒着浓淡相宜的清香。

之后，父亲就将新茶高搁于神龛，供这一年泡茶喝。

有时，父亲一边喝茶，一边发呆，像是藏着满肚子的心事。我不知道父亲在想什么，就问他："爸，那茶，好不好喝?"父亲呵呵一笑，明显是在遮掩什么，说的话也不着调："等你长大了，你也要喝一喝茶啊，茶里有真味呢。"

我不管茶里有什么味，一直对它有抵触情绪，执著地认定是不好喝的，一定是苦极了。可能是被打怕了，任父亲怎么美化，多少年来，我也没法对茶产生好感。

几番凉热几度秋，一年一包明前茶。

20 岁那年，我离开家乡，在城里打拼未来。天天忙啊忙的，父亲那神秘的明前茶，对我再没有什么吸引力了，终于，淡忘于无。

这一年春天，没有一点儿征兆，父亲溘然长逝。就在父亲入土为安的当天，那神秘的明前茶，踩着点儿来了。父亲一生嗜茶如命，我想也没想，封也没启，就把它当作陪葬品，陪父亲到永恒。

之后，我把母亲接来城里，那茶，在我的视线内，似乎永远地画上句号。

第二年，乡下的妹妹刚刚栽完秧，就来城里看望母亲了，她拎着沉沉的蛇皮袋，里面装满了从地里拔的青菜。妹妹来"送青"，都是一些自家地里栽种的山货，却是弥足珍贵。掏空蛇皮袋之后，妹妹从手提包里取出一个绿色的邮包来。

刹那间，童年的往事，闪回，让我怔忡许久。

是的，还是远方来的茶，一年一度的明前茶。

打开绿色邮包，淡淡的茶香袅袅飘散，如烟如雾，往事在这烟雾般的清香气里，渐渐清晰起来。除了茶，还有一封短信。信里这样写道：

陈先生：

您好！

我们是廖明凤女士的儿女。母亲生前嘱咐我们，每年一定要在清明前一天，净手焚香，亲自去茶园采摘明前新茶。然后制成新茶，挑最好的，给您寄去。我母亲是在十年前去世的，这十年来，我们兄妹二人，一直遵守母亲的嘱咐，每年给您寄来自制的茶叶。但是，从明年起，我们就没办法给您再寄了。因为我们的茶园已悉数被毁，变成开发区了。这是最后一包廖家自制的土茶。不过，我们会一直信守母亲的诺言每年清明给您寄去一包新茶，只是以后，我们也是在茶行采买罢了。

祝

健康长寿！

钟立峰　钟立梅　敬上

二OO七年清明

原来，这十年，茶是一个名叫廖明凤的女人的子女，如约给父亲寄来的。那个廖明凤阿姨为什么会嘱咐自己的儿女年年寄来茶叶呢？怀着探宝似的惊奇，我给钟氏兄妹写了一封复信，寄往远方那座小城，那个叫钟山庄1号2幢5单元502室的地方。

那座小城，我是再也熟悉不过的了，因为，父亲在那里当过兵，下过放，人生起起落落的发生地。童年，父亲给我讲过许多他亲身经历的故事，都发生在那里。但是，我从来没听他提起过廖明凤，以及那茶的来历。

莫非，父亲在那里曾留下一段情？莫非，父亲在那里给人家再生之恩？……否则，人家怎么会在死后，还念念不忘，给他寄新茶呢。

一个星期过去了，我接到一个中年男子的电话，他自称叫钟立峰，问我是不是陈永生的儿子？不错，陈永生是我父亲的名字。得到确认后，他说的第一句话是："对不起了，明年起就不能给你父亲寄茶叶了。不能完成母亲的心愿，我和我妹妹感到深深的愧疚。"我告诉他："我的父亲在去年也去世了，明年起，你就不必再寄茶来了。只是我想知道，你母亲为什么会嘱咐你们兄妹二人年年寄新茶呢？"

钟立峰的讲述，让我倍感温暖，乱世人间情如白玉兰一般，馨香着我的每一个毛孔。

原来，父亲在当兵时，就驻扎在他们小城附近。有一年，钟立峰的年仅十岁的哥哥陪父母去茶山采茶。茶山坡缓，出了茶山，远远近近都是马尾松林和杉树林，视野开阔，阳光充足，这儿是天然优质茶场。在茶山东南面，有一个浩大的池塘，波光潋滟，碧蓝如大地上镶着宝石，每当采茶季节，池塘蛙声不断。钟立峰的哥哥，寻着蛙声，在池塘边沿玩耍，一不小心，就掉进了水塘中。

当时父亲正在杉树林里越野拉练，发现池塘水波不正常，脱离队伍去救人，然而，却因沉溺时间太久，孩子未能活过来。当时，父亲没有受到表彰，也没有挨批评，生活像一粒石子落入水塘中，只溅起一点水花，就消声于无了。

后来，“文革”来了，父亲被人纠出来了，说要对钟立峰哥哥的死负责，打倒后，就被下放到钟山庄接受贫下中农再教育。

村里人，包括钟立峰的母亲，都对父亲抱着友好的态度，接纳了这个远方来客，但钟立峰的父亲，对父亲的到来极不欢迎，他认为父亲没能救起他的儿子，是犯罪。那时，钟立峰的父亲是大队长，对父亲百般折磨，干重活累活，饭却尽量少给，甚至不给。钟立峰的母亲为此，天天与老公吵嘴，说：“儿子去了，跟人家陈永生有什么关系？儿子在那边，对这个叔叔都会感恩的。他是咱家的恩人啊，你怎么能这么对待他？”对于这样的言语，钟立峰的父亲不理不睬，等她说多了，就拳头对她，把她的话打熄。

一次，钟立峰的父亲捂着肚子，疼痛难忍。父亲懂点医药，到山上采来新鲜草药，让钟立峰的父亲煎熬着喝，却遭一通恶语咒骂：“你这个罪孽深重的家伙，害了我儿子的命，又想来害老子？没门！”之后，他又把父亲推到批判大会上，进行公开批斗。钟立峰的母亲偷偷把父亲采来的药熬了，给她爱人喝了，并再三说是镇上药铺抓来的。等喝了三服，他的肚子再也不痛了。

那药，让钟立峰的母亲更加确信父亲的善良和慈悲，对自己丈夫的鲁莽之举，深怀愧疚。她多次在老公面前，替父亲说好话，却收效甚微。父亲遭受到的皮肉之苦，越来越厉害，终于虚弱到躲在茅草房里，长卧不起，长久地昏死过去。钟立峰的母亲熬了茶汤，带着儿子女儿一起，给父亲擦伤消毒。

父亲醒来时，钟立峰的母亲叫儿子给他端过一碗茶来。父亲一口气全喝光了，抹抹嘴说：“这茶真好喝，就是有点苦。”看到父亲活过来了，钟立峰的母亲感到欣慰，说：“如果觉得好喝，以后，每天让立峰立梅给你送茶送饭来。如果你要是回家了，我们一定给你寄明前新茶去！”

父亲笑笑说："太谢谢你了，立峰妈妈，只怕我不能活着回老家了！"

正是父亲的这句话，让钟立峰的母亲感到恐慌。她连夜写信，寄给了爷爷，让他来接父亲回家。

父亲回来后，每年清明后，都能收到钟立峰的母亲寄来的新茶。她死后，嘱咐儿女，又寄了十年。

听完这些，我感到十分意外，没有想象的那么离奇，更没有想象的那么浪漫。但我似乎明白了，父亲为什么会在我小时候不能碰那包茶，也许，他是想到了钟立峰早夭的哥哥吧？那种直抵骨子里头的伤痛与悲苦，经由茶和我，奇妙地给烘焙出来，让父亲苦不堪言。但，茶汤的浓郁芳香，又让父亲喝到这个世上最美的人情，最善的人心。

钟立峰解释说："你不知道。我妈妈在世时，每次都是让我和我妹妹的儿女采摘新茶。童男童女采的新茶，古时候，都是进贡给皇上的。可想而知，我妈妈对这事的重视，对你爸爸的敬重之情，愧疚之心。"

父亲，我那个平凡如土粒的父亲，原来，在另一个人的心里，竟然位高如皇帝。霎时，父亲的形象，在我心里，高大起来，如寺庙里的坐佛，不由得让人肃然起敬。让我肃然起敬的，还有钟立峰的母亲。在那个黑白不分的岁月里，她用她的善良，抚慰一个年轻人受伤的肉体和心灵。在未来漫长的岁月里，她对自己的诺言，坚守了一生，而且，离世之后，还让一对儿女替自己践诺。

打开钟立峰兄妹替父亲最后一次寄的明前新茶，我为自己泡了一杯。这是我第一次喝茶，正如当年父亲头一回喝茶一样，我深深地感觉到，这茶真好喝，就是有点儿苦。

茶水蒸腾，热气不断往上冒，而饱吸热水的茶叶，舒展开来，片片下沉，如一页页逝去的历史。在茶水里，我仿佛看到历史的尘埃，看见父亲的苦难，看见那个年代难得的隐秘的善良，以及我们这个时代难觅的长久的守信。

一年一包明前茶，喝一口，百味涌来，有苦有涩，有情有义，让我的心，在这浮华尘世，有一种奇妙的熨帖感。